# पाँसा

कुछ क्लासिकल ड्रामे...

# पाँसा

गुलज़ार

राधाकृष्ण प्रकाशन

ISBN : 978-93-48157-19-5

**पाँसा**



**पहला संस्करण :** 2025

**मूल्य :** ₹499

**प्रकाशक**

राधाकृष्ण प्रकाशन प्राइवेट लिमिटेड
जी-17, जगतपुरी, दिल्ली-110 051
**शाखाएँ :** अशोक राजपथ, साइंस कॉलेज के सामने, पटना-800 006
पहली मंजिल, दरबारी बिल्डिंग, महात्मा गांधी मार्ग, प्रयागराज-211 001
1, अनमोल सोराबजी सन्तुक लेन, धोबी तलाव, मरीन लाइंस, मुम्बई-400 002
वेबसाइट : www.radhakrishnaprakashan.com
ई-मेल : info@radhakrishnaprakashan.com

**मुद्रक**

यश प्रिंटोग्राफिक्स
नोएडा-201 301 (उत्तर प्रदेश)

PAANSA
*Plays* by Gulzar

*अहमद नदीम क़ासमी*
*और*
*ओमपुरी*
*की याद में!*

# क्रम

# दीबाचा

सॉनेट के फ़ॉर्म में मेरी लम्बी कविता 'युधिष्ठिर एंड द्रौपदी' की रचना मैंने रूस की कड़कड़ाती सर्दियों में की थी। उस समय मैं मॉस्को में एक राजनयिक की हैसियत से नियुक्त था। कविता युधिष्ठिर और द्रौपदी के जटिल सम्बन्धों को लेकर है, जिसमें 'महाभारत' का वह अद्भुत हिस्सा भी शामिल है जिसे हम 'यक्ष प्रश्न' के रूप में जानते हैं।

किताबों की अपनी नियति होती है। यह किताब किसी भी रूप में असाधारण है, ऐसी कोई ग़लतफ़हमी मुझे नहीं रही, लेकिन फिर भी अल्लामा इक़बाल का यह शे'र मेरे लिए सच साबित हुआ :

*हज़ारों साल नरगिस अपनी बेनूरी पै रोती है,*
*बड़ी मुश्किल से होता है चमन में दीदावर पैदा।*

ये दीदावर गुलज़ार साहब थे। उनकी नज़रे-इनायत कि उन्होंने इस पूरी किताब का अनुवाद हिन्दुस्तानी में किया। और ताज़्जुब की बात ये कि जब तक उन्होंने इसे पूरा नहीं कर लिया, मुझे इस बात की कोई ख़बर नहीं थी। यह ख़बर भी उन्होंने मुझ तक ख़ास अपने अन्दाज़ में पहुँचाई। तब मैं भूटान में भारत का राजदूत था, और उन दिनों किसी काम के सिलसिले में दिल्ली आया हुआ था। वे भी यहीं थे। उन्होंने मुझसे कहा कि मैं अपने 'बिज़ी शेड्यूल' से दस मिनट निकालकर उनसे मिलूँ। ज़ाहिर

है, मैंने यही किया। हमारी मुलाक़ात हैबिटेट सेंटर में हुई, जहाँ वे ठहरे थे।

मुलाक़ात के दौरान उन्होंने बड़ी गम्भीरता से कहा कि वे चाहते हैं कि मैं उनकी एक नज़्म सुनूँ, और फिर उन्होंने अपने गहरे स्वर में पढ़ना शुरू किया। मेरी फ़ौरी प्रतिक्रिया उत्साहपूर्ण थी, उनकी कल्पना और इमेज़री के लिए मैंने उन्हें बधाई दी। मुझे उनके ओठों पर मुस्कराहट की एक झलक दिखी, लेकिन तभी उन्होंने कहा: 'एक और सुन लीजिए।' इस बार जब उन्होंने पढ़ा तो मुझे सब समझ आ गया। वे मेरी किताब के ही दो सॉनेट्स का अनुवाद पढ़ रहे थे। मेरी ख़ुशी और ताज़्ज़ुब को देखकर वे ज़ोर से हँसे और बोले कि उन्होंने दरअसल पूरी किताब का अनुवाद किया है। मैं अचम्भित था, अभिभूत। हम गले मिले लेकिन पहली नज़्म पर जो प्रशंसा मैंने की थी, उसके लिए मुझे छेड़ते रहे।

उसके बाद पेंगुइन ने मेरे मूल और उनके भावपूर्ण अनुवाद को साथ-साथ प्रकाशित किया। मेरे जैसे मामूली लेखक को शायरी के एक जीनियस का साथ मिला, तो यह किताब एक नये स्तर पर पहुँच गई। लेकिन वे यहीं नहीं रुके। उन्होंने उस किताब पर एक नाटक भी लिखा : 'पाँसा', जिसका निर्देशन जाने-माने रंगकर्मी सलीम आरिफ़ ने किया।

दिल्ली के खचाखच भरे सीरी फ़ोर्ट ऑडिटोरियम में जब मैंने पहली बार इस नाटक को देखा तो उनकी अद्भुत कल्पना-शक्ति और रचनात्मकता ने मुझे हैरान कर दिया। एक गूढ़ काव्य-रचना को उन्होंने इतने शक्तिशाली और मुखर थिएटर में बदल दिया था! एक जटिल थीम को उन्होंने इतनी कुशलता से दृश्य और संगीत में प्रस्तुत किया कि जैसे ही पर्दा गिरा, लोग खड़े होकर ताली बजाने लगे। उनके नाट्य-पाठ में संगीत से लेकर संवाद, सेट डिज़ाइन आदि हर चीज़ का बेहद सूक्ष्म विवरण दिया गया था, जिसे प्रतिभावान कलाकारों ने उतनी ही कुशलतापूर्वक अंजाम भी दिया।

किसी कहानी या आख्यान को एक बाँध लेनेवाले नाटक में तब्दील कर देने की उनकी यह कला इस किताब के दूसरे नाटकों में भी देखी जा सकती है। रवीन्द्रनाथ टैगोर की कहानी पर आधारित 'सुनते हो!' का नाट्यान्तरण भी इस ढंग से किया गया है कि कहानी की नायिका मृणाल सिनेमाई पृष्ठभूमि के नवीन प्रयोग और मंच के बीच सजीव हो उठती है। कहानी का इस तरह दो समानान्तर स्तरों पर साथ-साथ खुलना एक अत्यन्त गतिशील कथा के तीव्र लेकिन दिलचस्प मंच-रूपान्तरण को सम्भव बनाता है जिसके बिना वह बस एक मामूली नाट्य-रूपान्तर होकर रह जाता!

नाटककार के रूप में गुलज़ार साहब के पास दो बेमिसाल ख़ूबियाँ हैं। पहला, वे कहानी को खंडों में नहीं, उसकी सम्पूर्णता में देखते हैं। अपनी इस दुर्लभ विशेषता के चलते ही वे नाट्य-रूपान्तरण को एक रचनात्मक पुनर्सृजन में बदल पाते हैं। इसमें भी ख़ास बात ये कि यह काम वे कहानी की समग्रता से ज़रा भी इधर-उधर भटके बिना करते हैं। इसी का नतीजा यह होता है कि दर्शक के सामने रचनाकार की थीम अपने मूल स्वरूप में पहुँचती है, उसका दृश्य-रूप ज़रूर बदल जाता है। यह कमाल वही निगाह कर सकती है जो चीज़ों की त्रिआयामी हस्ती को एक साथ देख सकती हो।

उनका यह हुनर फ़िल्मों की पटकथाओं में भी दिखाई देता है। सिनेमा में हासिल होनेवाली आज़ादी और थिएटर की भौतिक सीमाओं को वे बख़ूबी समझते हैं। फिर भी उनके नाटकों को फिल्म-पटकथा के रूप में ढाला जा सकता है और पटकथाओं को बहुत आसानी से मंच पर भी उतारा जा सकता है।

संवाद गुलज़ार साहब के नाटकों में दूसरी ऐसी चीज़ है जो उल्लेखनीय है। संवाद का इस तरह इस्तेमाल कि वह न तो दुहराव का शिकार हो, न ऊबाऊ विस्तार का, और अपनी संक्षिप्तता में बिना किसी प्रयास के कहानी के समूचे अर्थ को भी व्यक्त करता चले, यह उनकी रचनात्मकता का एक मूल्यवान पहलू

है। बहैसियत एक शायर और लेखक वे ज़ुबान के इस्तेमाल पर महारत रखते हैं, लेकिन कविता लिखना, बच्चों के लिए किताब लिखना, कहानी लिखना एक बात है और थिएटर में शब्दों का सही-सही प्रयोग कर पाना, जहाँ वे अपना प्रामाणिक अर्थ भी वहन करते हों, एक अलग बात है।

गुलज़ार साहब के पास किसी आख्यान की रूह को, उसके अन्तर्निहित सन्देश को पकड़ने की भी दृष्टि है। फिर वे उस सन्देश के सम्प्रेषण के लिए थिएटर की जटिल और आश्चर्यजनक रूप में नवोन्मेषी शैली का प्रयोग करते हैं। इसके लिए वे जैसा कि पहले ज़िक्र आया है, पीछे एक सिने-स्क्रीन भी ले सकते हैं, सूत्रधार भी खड़ा कर सकते हैं, कोरस भी ला सकते हैं, और जिसकी उम्मीद ही न हो, ऐसा कोई एकालाप भी प्रस्तुत कर सकते हैं, और सम्पूर्ण मौन भी।

प्रकाश का प्रयोग भी उनकी रंग-कल्पना में काफ़ी अहम् जगह रखता है। तेज़ रौशनी, छायाएँ, लाइट फ़ेड्स, अँधेरे का एक पल में उजाले में बदल जाना या मंच को धीरे-धीरे प्रकाशमान करना, उनके रंग-सृजन के अनिवार्य हिस्से हैं। गीत, वे चाहे एकल हों या सामूहिक, और जिस ढंग से उन्हें गाया जाता है, जिस तरह संगीत-वाद्यों का प्रयोग वे करते हैं, इस सबसे वे भावनाओं का एक इन्द्रधनुष रच देते हैं जिसमें गम्भीरता, सोच, उल्लास, रहस्य, उम्मीद सब समाए रहते हैं, और कहानी के साथ गहरे बुने होते हैं।

सुधी दर्शक उनके तमाम नाटकों में उनकी इन ख़ूबियों को साफ़-साफ़ देख सकते हैं। जिन लोगों ने विभाजन पर उनकी 'ख़राशें' शीर्षक नाट्य-शृंखला के 'रावी पार', 'हिल्सा' और 'ख़ुदा हाफ़िज़' नाटक देखे हैं, वे निश्चय ही उनकी रंग-प्रतिभा को जानते होंगे। उनकी यही प्रतिभा इस किताब में भी मौजूद है जिसमें 'पाँसा' के साथ टैगोर और अहमद नदीम क़ासमी की रचनाओं पर आधारित नाटक भी शामिल हैं। उनके नाटकों को पढ़कर और उनके कुछ मंचनों को देखकर मेरा यह यक़ीन पुख़्ता

ही हुआ है कि गुलज़ार साहब इस समय देश के सबसे समर्थ लेखक और शायर हैं।

अब जब ये नाटक छप रहे हैं, पाठक ख़ुद देख सकते हैं कि मेरा यह विश्वास कितना सही है। एक लेखक के तौर पर मैं गहरी विनम्रता और प्यार के साथ बस इतना ही कह सकता हूँ : 'शुक्रिया, गुलज़ार साहब!'

**—पवन के. वर्मा**

# पेश लफ़्ज़

एक ज़माने की बात है।

'पवन वर्माजी' एक ऊँचे ओहदे पर (फ़ाइज़) थे जब उन्होंने 'नीम राना' फ़ोर्ट में एक अदबी कॉन्फ्रेंस बुलाई थी। मेरी ख़ुश-क़िस्मती कि मुझ नाचीज़ को भी बुला लिया। सबने अपनी-अपनी कावीशें, कविताएँ सुनाईं एक शाम, और वो सिर्फ़ सदारत पर बैठे रहे। मैं उनकी किताब ग़ालिब की शख़्सियत पर पढ़ चुका था और जानता था कि वो अंग्रेज़ी में एक बड़े प्रोलिफ़िक राइटर हैं, और शायर भी हैं। मैंने कुछ सुनाने की गुज़ारिश की। (याद रहे, वो बहुत ख़ूबसूरत उर्दू बोलते हैं और हिन्दुस्तानी क्लासिकल म्यूज़िक से भी वाक़िफ़ हैं।)

पवनजी ने अपनी पत्नी रेनुकाजी से एक किताब लाने के लिए कहा। वो ख़ुद एक बड़ी पेंटर हैं, और लिट्रेचर में रुचि रखती हैं। वो अपने चुनावों से किताब ले आईं। उस शाम पवनजी ने जो सुनाया, अंग्रेज़ी में, वो मेरे ज़ेहन में छप गया।

वापस आकर मैंने उनकी कई किताबें ख़रीदीं, मगर वो किताब न मिली। एक रोज़ बहाने से किताब का नाम पूछ 'युधिष्ठिर एंड द्रौपदी' 'महाभारत' का एक वाक़या, जो अंग्रेज़ी सॉनेट्स में लिखा गया था। बिलकुल एक अलग ही तजर्बा था।

फिर वक़्त गुज़रता गया। मैंने पूरी किताब का अपनी हिन्दुस्तानी ज़बान में तर्जुमा कर लिया। वो पवनजी को कैसे पेश किया, एक और लम्बी कहानी है। लेकिन पेंगुइन पब्लिशर

ने दोबारा किताब अंग्रेज़ी और हिन्दी तर्जुमे के साथ छाप दी।

मुझे फिर भी तसल्ली न हुई।

मुझे महसूस होता था कि अगर हमारे कॉलेजों में मिल्टन का सॉनेट्स में लिखा ड्रामा 'पैराडाइज़ लॉस्ट' पढ़ाया जा सकता है, तो 'युधिष्ठिर और द्रौपदी' क्यों नहीं?

उसके बाद, मैंने फिर उस पर काम किया, और एक 'म्यूज़िकल ड्रामा' की शकल में लिखा जिसमें पहले तर्जुमे की मन्ज़ूम यानी कविता-बंद लाइनें भी इस्तेमाल कीं।

सलीम आरिफ़ मेरे दोस्त हैं। म्यूज़िकल ड्रामे करने में माहिर हैं। और लाइव म्यूज़िक के साथ 'पाँसा' नाम से वो ड्रामा पेश किया। पवनजी ने देखा, और जब ताली बजाई, तो मेरी तसल्ली हुई।

आज क़रीब बारह साल के बाद अशोक महेश्वरी के हाथों, किताबी शकल में आपके सामने रख रहा हूँ।

**—गुलज़ार**

# पाँसा

पवन के. वर्मा की अंग्रेज़ी नज़्म 'युधिष्ठिर और द्रौपदी' पर आधारित ड्रामा

अमित बहल, बकुल ठक्कर और लुबना सलीम

सलीम आरिफ़, श्याम बेनेगल और गुलज़ार

लुबना सलीम और अमित बहल

# शुरुआत

*['दोयेत बन' के जंगल में एक बुज़ुर्ग ऋषि हवन की तैयारी कर रहा था। हवनकुंड में लकड़ियाँ सजा रहा था कि अचानक पास की झाड़ियों से एक हिरन निकला और दो लकड़ियाँ मुँह में उठाकर भाग गया। ऋषि चिल्लाया और भागा उसके पीछे।]*

*[पहला सूत्रधार तब स्टेज पर दाख़िल होता है...जहाँ कोरस मौजूद है।]*

**सूत्रधार :** एक जंगल में...

**कोरस :** 'दोयेत बन' में...

**सूत्रधार-1 :** इक ऋषि, दो टहनियों को जोड़ कर रखने लगा था कि हवन रौशन करे।
इक हिरन निकला कहीं से...जैसे ख़ला से!
आरज़ू जैसे निकल आती है सीने में किसी रग से!
टहनियाँ मुँह में उठा कर भाग निकला वो हिरन!

*[कोरस ने राग भरी इक तान ली।]*

**सूत्रधार-1 :** दौड़ने का दम न था, चिल्लाया वो बूढ़ा ऋषि!

*[संगीत और रागदारी जारी रही। दूसरी तरफ़ दूसरी*

*सूत्रधार महिला दाख़िल हुई।]*

**सूत्रधार-2 :** पाँच पांडव जा रहे थे दूसरी पगडंडी से। और द्रौपदी भी थी।

**कोरस :** सुन के साधु (बूढ़े) की सदा पाँचों ने पीछा किया।

*[संगीत जारी रहा।]*

**कोरस :** तीर अर्जुन के लगे, न भीम का भाला
वो उछल कर कूद जाता था निशाना
शोख़ियाँ करता था जैसे खेल रहा हो!

**सूत्रधार-1 :** पाँचों को दौड़ाया जंगल में हिरन ने
सामने से ऐसे हो जाता था ग़ायब
जैसे सूरज की किरन पर चढ़ गया हो
या किसी परछाईं में गुम हो गया हो!

**कोरस :** हाथ न आया...हाथ न आया हिरन, हाथ न आया...

*[संगीत मौक़े के मुताबिक़ बदलता गया।]*

**सूत्रधार-1 :** थक के पाँचों लौट आए
भीम ने एक और डाली तोड़ कर दे दी—ऋषि को!
एक लँबी साँस लेकर,
पाँचों आगे चल दिए।

*[संगीत जारी रहा।]*

पांडव जंगल से गुज़रते रहे—और
होंठ ख़ुश्क होने लगे थे प्यास से
और उजाला भी सिमटने लग गया था।
इक बड़े बरगद के नीचे रुक गए सब
प्यास के मारे

सारे के सारे
ख़ुश्क होंठों पर ज़ुबाँ को फेरकर रह जाते थे।

*[संगीत ने साथ दिया। दूसरी सूत्रधार बोली :]*

**सूत्रधार :** पेड़ पर चढ़ कर नकुल ने
ऐसा अन्दाज़ा लगाया
पास ही कुछ आँबोलों (आनुलों) के
पेड़ों का झुंड देख कर
हौज़ होगा या कोई तालाब उसके पास होगा।

*[संगीत ने साथ दिया।]*

**सूत्रधार-2 :** 'देख कर आता हूँ' कह कर
जब नकुल जाने लगा
द्रौपदी के ख़ुश्क लब देखे तो अर्जुन भी
लोटा, बर्तन, कुछ लिया और संग उसके चल दिये!

*[संगीत साथ चलता रहा।]*

**सूत्रधार-1 :** फ़िक्र होने लग गई जब देर तक लौटे नहीं
भीम को भेजा युधिष्ठिर ने।

**युधिष्ठिर :** देखो तो जाकर अंज (अनुज)
रास्ते से न भटक जाएँ कहीं, जंगल है ये
या किसी अनजान ख़तरे में,
किसी जंजाल में न फँस गए हों!

**सूत्रधार-1 :** भीम के चलते ही संग सहदेव,
उठ कर चल दिये।

*[संगीत फिर दाख़िल हुआ और उनके साथ चल दिया।]*

**सूत्रधार-1 :** दो अकेले रह गए
पहली दफ़ा शायद...
एक बरगद तले!

*[राग का आलाप लौट आया। सूत्रधार की आवाज़ नर्म हो गई।]*

**सूत्रधार-2 :** वो कोई चिंगारी थी उड़ती हुई
भटके भटके से ख़यालों की तरह...छुई-मुई!

द्रौपदी को और युधिष्टर को।

**सूत्रधार :** छूती थी दोनों के अन्दर
ऊन के गुच्छे में उलझे कुछ विचारों को।
बेख़बर से हो गए कि चार पांडव जो...गए थे
लौट कर आए नहीं!

*[संगीत आहिस्ता से फ़ेड आउट हो गया।]*

*[मंज़र बदला और सूत्रधार भी!]*

**सूत्रधार :** एक हौज़ था...
जंगल में पेड़ों से घिरा हुआ
और पानी से भरा हुआ था
उसके एक किनारे पर चार शव पड़े थे
भीम, अर्जुन, नकुल और सहदेव के।
और इन सबके पीछे, पीली पड़ती हुई एक शाम थी!

## पहला हिस्सा

*[पहला सूत्रधार फिर दाख़िल हुआ।]*

**सूत्रधार :** ज़र्द था ए आसमाँ और रंग उतरने लग गया था
सूरज पिघल के गल रहा था
कोई जुंबिश तक नहीं थी धीमी बुझती रौशनी में!

*[सूत्रधार चलता हुआ एक जगह पर रुका, और दिखाया।]*

**सूत्रधार (M) :** बीच जंगल आबनूसी रंग का इक हौज़ था
छुप के बैठा, आबरू खोई किसी औरत की मानिंद!

**सूत्रधार (M) :** हौज़ के एक ही किनारे पर पड़ी थी, चार देह
भीम, अर्जुन, नकुल और सहदेव की।

*[दूसरी सूत्रधार भी दाख़िल हुई।]*

**सूत्रधार (F) :** प्यास से अंध्या के सब ने
पासबाने हौज़ को ललकारा था
उसने बेरहमी से सब को मार डाला था।
चारों के चारों गए थे
एक भी लौटा नहीं, और देह बेहिस हो गई।

*[कोरस ने गाकर कहा :]*

**कोरस :** इक परिन्दा भी न उक्सा, ख़ामशी कुछ और
पुर-इसरार होने लग गई।
जब युधिष्ठिर द्रौपदी के पास अकेला ही खड़ा था!

**द्रौपदी :** ज़ेहन की गहराइयाँ नापी हैं किसने?

**सूत्रधार (M) :** दोनों ही डूबे हुए थे अपनी-अपनी उलझनों के दलदलों में!

*[सूत्रधार ने इशारे से दिखा दिया। दोनों एक दूसरे से मुँह मोड़े खड़े थे। दूसरी सूत्रधार ने भी उसी तरफ़ इशारा किया।]*

**सूत्रधार (F) :** दोनों ही के दरमियाँ थे फ़ासले खींचते हुए।

**सूत्रधार (F) :** अब अकेली है जो उसके साथ, क्या उसका इरादा टूट सकता है?

*[द्रौपदी एक क़दम और दूर हो गई युधिष्ठिर से। युधिष्ठिर वहीं खड़ा देखता रहा। सूत्रधार युधिष्ठिर से मुख़ातिब हुआ :]*

**सूत्रधार (M) :** ओ सत्यवादी...
हर बड़ी सौगंध भी,
टूट जाने के लिए पाबंद है
मुर्झा भी सकते हैं इरादे!

*[कोरस ने फिर राग छेड़ा।]*

**सूत्रधार :** दास्ताँ तैयार है...ऐ दास्ताँ-गो...
चार देह, इक हौज और...

और दो जो ज़िन्दा हैं इस धुँधलके में शाम के!

*[दोनों सूत्रधार स्टेज से निकल जाते हैं। युधिष्ठिर और द्रौपदी वहीं खड़े रह जाते हैं!]*

## दूसरा हिस्सा

*[युधिष्ठिर याद कर रहा है।]*

**युधिष्ठिर :** उसने जब पहली दफ़ा देखा था उसको
प्रार्थना जैसी खड़ी थी
अपने स्वयंवर के समय!

उसने सोचा था कि फूल, शाख़ से बिछड़ेगा तो
जिस नदी में भी गिरा बहने लगेगा, उस बहाव पर!

*[द्रौपदी को भी याद था।]*

**द्रौपदी :** जैसे ही अर्जुन को उसने पहली नज़र में देखा था,
छलक उठा था उसका पूरा तन-बदन, ये ज़ाहिर था
देर तलक गूँजा था जैसे कोई जर्स हो मन्दिर का
सोंधी सोंधी जैसे पहली बारिश की ख़ुशबू गूँजे!

*[कोरस ने राग में बयान किया।]*

**कोरस :** अर्जुन की आँख निशाने पर थी
उसकी आँख थी अर्जुन पर...
उसने मन में वही चुना था
जिसने उसको जीत लिया था!

अन्दर की तड़प बेचैनी सारी
उँगलियों की जुंबिश कहती थी
हार उठाया था जब उसने...
जय माला उठाई थी।

*[द्रौपदी को फिर याद आया।]*

**द्रौपदी :** सूखी लकड़ी...टूटी टहनी की मानिन्द
उसके साथ ही बहने को तैयार थी वो।

*[लेकिन युधिष्ठिर अभी तक अपने ख़यालों में गुम था।]*

**युधिष्ठिर :** उसके चेहरे की चमक थी क्या?
या कमर का लोच था?
क्या था वो जिसने हवास उसके उजाड़े थे?

*[द्रौपदी को भी याद है!]*

**द्रौपदी :** ख़ुशी की फ़िक्र करते हैं
उन्हें दर्द जल्दी मिलता है
चौंक गई जब सुना कि उस पर
दूसरों का भी पूरा हक़ है!
बुढ़िया ने कहा था—
'बाँट लो आपस में बराबर!'

**कोरस :** ख़्वाहिशें उसकी रगों में
उस रात इक हैजान पैदा कर रही थीं
जब स्वयंवर जीतने वाले पे बाज़ी ले गया था वो।

**द्रौपदी :** आँखों से विरोध तो झलका था...लेकिन बेकार
अर्जुन ने जब कह ही दिया, वो साझी है
और पहला हक़ उसका हो, ये भी ग़लत होगा!
जैसे वो बँटने के लिए

लकड़ी से गिरे भूसे की कोई बोरी हो!

**सूत्रधार :** अब ठंडा पड़ा था हौज़ किनारे, उसका तीर-अंदाज़ अर्जुन पास खड़ा था वो जिसकी आग़ोश में पहली बार गिरी थी।

**युधिष्ठिर :** क्या हुआ था, बोलो पांचाली, ख़ुदी खंडर हुई थी जब...!
जब कहा था उसने वो भी तो विजयिता है, पसे-पर्दा सही।

**कोरस :** क्या निचोड़ा था तुम्हें बाँहों में उसने तब, बड़ी बेग़ैरती से, जैसे तुम इनाम थीं उसकी किसी कारीगिरी का?

**कोरस :** क्या तुम्हारे हुस्न में ख़ामोशी इक इज़्हार था?

जब तुम्हारी जाँघों पर था बोझ उसके जिस्म का

बुझ के सूरज, कोयला सा रह गया...

मायूसी से!...है न?

**द्रौपदी :** आरज़ू पा लेना—मछली के पकड़ लेने सा है
हाथ आते ही—दिखाई देने लगता है
मौत का ख़ामोशी से चढ़ता ग़िलाफ़!

**युधिष्ठिर :** कमाल करती हैं शामें
स्याह रंग में जो रौशनी को घोल देती हैं!

ज़रा सा सोच कर देखो युधिष्ठिर, ऐसी शाम
न कोई अहद तुम्हारा न ओहदेदार कोई
ख़ुशामदी कोई दरबारी, न गुरु कोई
न चारों भाई तुम्हारे—वहाँ पे कोई नहीं!
द्रौपदी अब अकेली...पूरी तुम्हारी है!

**द्रौपदी :** ख़्वाहिशें क्या जानती हैं, वक़्त और माहौल को
या हमेशा ही वो गुमराही का सौदा हैं?

**युधिष्ठिर :** वो उस घड़ी में इतना समझ रही है क्या
तुम्हारे सब्र के पीछे सुलगती हैं आँखें
या उसकी आँखों में लिक्खोगे जो इबारतें तुम
वो पढ़ना चाहेगी उनको भी इक दफ़ा या नहीं?

*[द्रौपदी भूली नहीं...]*

**द्रौपदी :** उसने सबकी झुकी हुई आँखों से
हवस की राल टपकती देखी थी।
जब सबने सर को ख़म देकर मंज़ूर किया था!

उसकी मनमर्ज़ी तो किसी ने पूछी नहीं?
चूर हुआ जो अर्जुन का सपना वो लेकर बैठी थी।

सामान नहीं थी, आपस में जो ख़ानदान में बँट सकती थी!

सामान नहीं थी, आपस में जो ख़ानदान में बँट सकती थी!
द्रौपदी थी वो...!
पाकबाज़ उमा थी वो
इसरार भरी इक सरस्वती
इंतक़ाम काली का,
वरदान थी पार्वती का, और शक्ति का बल
आग थी, आग की देवी थी वो...
आग से जन्मी थी!
द्रौपदी थी वो...!

सावन साँवली, मेघ-सी हलकी
बली की लपटों से उट्ठी थी
धरती की बेटी थी...!

**युधिष्ठिर :** ख़्वाहिश छील दो एक दफ़ा तो, उगने लगती है
ख़ुद को मत बहलाओ युधिष्ठिर
मीठा फल जैसे भी खाओ, मीठा लगता है।
ये सच तो है—
सभी की आँखों में शहवत थी जब द्रौपदी का
वो दिलफ़रेब इनाम जीत लिया था स्वयंवर में।

**सूत्रधार (F) :** बड़ी उजलत में उसने, चोली की खोली थीं गिरहें
उबलती छातियाँ थीं उसके हाथों में
बिना दस्तक, बिना आवाज़ जब दरवाज़ा खोला था
किसी ने
वो अर्जुन था...!

**सूत्रधार (M) :** वो बेक़ाबू हुआ था? या वो जल उठा था उस लम्हे?
या सचमुच ही उतावली थी उसे तब पीछा करने की?
मवेशी ले के जो कुछ चोर भागे जा रहे थे
वहीं रक्खे थे सब हथियार अर्जुन के
जहाँ पर द्रौपदी, आग़ोश में लेटी हुई थी जब युधिष्ठिर के!

**द्रौपदी :** ग़लत मौक़ा था शायद...या लिखा था ऐसा ही होना
उलँगना आपसी शर्तों का भी मुमकिन नहीं था
कोई रास्ता नहीं था अब, जो होना था वो आख़िर
हो चुका था
मिला बनवास अर्जुन को सज़ा में
कि वो मश्कूक निकला था...!

*[सूत्रधार ने बयान किया।]*

**सूत्रधार (M) :** युधिष्ठिर को बड़ा अफ़सोस था लेकिन
लेकिन अर्जुन ने ली थी हौसले से!

**द्रौपदी :** किसी ने भी मगर पाँचाली की मरज़ी नहीं पूछी।

अकेले, सिर्फ़ अकेले!
अब उसके साथ वो, और चार शव उनके!

**सूत्रधार (M) :** बग़ैर कुछ भी कहे जब उसने चेहरा मोड़ लिया।

**युधिष्ठिर :** ये किसके बस में है
ख़्वाहिशों को त्याग ही दे
अगरचा संगतराशे न संगतराश मगर
वो संग को हाथ से सहला तो लेता है!

युधिष्ठिर, आरज़ू को थामे रहना
ओक में बारिश का रखना है!

**सूत्रधार (M) :** ओ धर्मराज...सबसे सयाने पुत्र कुन्ती के
तुम घुटन से ग़ुस्से में फूटो, इजाज़त ही नहीं थी ये तुम्हें
तुम किसी संन्यासी की मानिन्द दबा कर ज़ब्त रखो
उसमें ही इज़्ज़त भी थी, रुतबा भी—ए मालूम था तुमको!

**द्रौपदी :** मगर वो एक शोले की तरह दहकी हुई थी।
कँवल-सी आँखें थीं जिसकी...
उसे वो माफ़ करने के लिए तैयार न थी।
अभी भूली नहीं थी वो...
उसे जब कौड़ियों के दाव पर उसने लगाया था!

*[संगीत की धुन पर कोरस पूरा मंज़र चौसर का रक़्स करता है। जुए का मंज़र।]*

**द्रौपदी :** पाँसे की गूँज है, अब भी कानों में बजती है।

**कोरस :** हस्तिनापुर हथियाने की साज़िश थी, लेकिन...

**सूत्रधार (M) :** लालसा बढ़ जाती है एक जुआरी की,
जब कौड़ियाँ करवट लेकर सीधी पड़ती हैं!

साज़िश थी या चाल थी कोई 'शकुनी' की?...

**सूत्रधार (F) :** घर के बड़े-बड़ों में भी तो...
एहतियात थी, ख़ौफ़ था कोई,
या चिंता थी।

**सूत्रधार (M) :** पांडव का पाँसा सीधा नहीं पड़ा तो...फिर?
सत्ता किसके हाथ में होगी?
ख़ामोश रहो... ख़ामोश रहो...!

हस्तिनापुर के साथ, महल चौबारे गए
मुकुट गया, गर्दन से मोती मनके गए
कंगन उतरे, कानों से बालियाँ खोली गईं...
और वस्त्र पे हाथ पड़े जब...चीर हरण आरम्भ हुआ! (था)

कैसे भूलेगी वो...कैसे भूलेगी?

*[संगीत अपने उरूज पर पहुँचता है, और फिर धीमा पड़ जाता है।]*

**द्रौपदी :** वो गर उसकी जीत नहीं थी, फिर वो उसको कैसे हार गया?
इक शख़्स जो उसका अपना सब कुछ हार चुका हो
मरज़ी और मिल्कियत भी हर एक तरह की
वो उसको दाव पर खेलने का हक़ कैसे रखता था?
किसको पहले हारा उसने? ख़ुद को हारा या मुझको?

**कोरस :** ज़रा ऐ, दास्ताँ-गो...साफ़गोई से बताना
ये क्या मसला है इन्सां का?

**कोरस :** जहाँ पर बोझ मुख़्तारी का हो, उस पर चुनाव भी नहीं कोई
अमल है एक का और शख़्स पाँच, उसमें बँधे हैं!

**युधिष्ठिर :** कोई ग़ैबी इशारा, ज़िन्दगी के सारे नक़्शे तय करता है
हमारी पूँजी और मसले,
हमारी हर बुलंदी हर ज़वाल अपना!

**सूत्रधार (F) :** तुम्हारी मिट्टी भी कच्ची नहीं थी पांडव राजा
तुम्हारे सीने में भी आरज़ूएँ, बेपनाह तो थीं
मगर मालूम होना चाहिए था तुमको,
अगर मंज़िल पे जाना है
नज़र की सीध रखना भी ज़रूरी है।

**सूत्रधार (M) :** यक़ीनन जानते हैं देवता ऊपर...
हर इक नाकाम कोशिश के लिए आकाश में कोई सितारा है
फ़क़त दरियाओं को मालूम है,
सोचे बिना सीधा समन्दर में चले जाना
मगर इन्सान को आख़िर कहीं पर सोच कर
लँगर गिरा देना ज़रूरी है।

**युधिष्ठिर :** जो पाँसा फेंका था, पाबन्द था क्या,
जुए के सब उसूलों से?
या कोई चाल थी जो ग़ैब ही में तय हुई थी?

*[संगीत दोबारा दाख़िल होता है।]*

**युधिष्ठिर :** ज़रा सोचो युधिष्ठिर...
भला क्या जिसे हासिल कहीं हम ज़िन्दगी का?
हवस पल भर की बस...?
पर और कुछ हासिल नहीं उससे।

युधिष्ठिर, प्रेम सत्ता और हुनरमन्दी, सिंघासन
आरज़ी हैं सब!

ये सब आरज़ी हैं...आरज़ी सब कुछ युधिष्ठिर...
सही दाव का होना ही ज़रूरी है

न ताक़त की ज़रूरत है, न तीरे-ओ-कमां की
तुम्हारे वास्ते दाव सही होना ज़रूरी था हमेशा, कुन्तये!

फ़क़त पाँसा बता सकता है चालें ज़िन्दगी की
वही शायद बताएगा, गिरेंगी कौड़ियाँ जब भी!

युधिष्ठिर, पाँसा...पाँसा कौड़ियों का
यही है जिस के मानी हैं
ये पहिया घूमता रहता है क़िस्मत का!
समझने वाले क़िस्मत के...ये कहते हैं
युधिष्ठिर, कौड़ी फेंको, कौड़ियों को गुनगुनाने दो!

*[संगीत एक बार फिर अपने उरूज पर पहुँचकर ख़त्म हो जाता है।]*

## तीसरा हिस्सा

*[फिर उसी हौज़ पर मंज़र खुलता है, जहाँ चारों भाइयों के शव पड़े हैं। बड़े धीमे क़दमों से सूत्रधार दाख़िल होता है।]*

**सूत्रधार :** बड़ा रौशन था वो इक हौज़ जंगल में
हवा कुछ तेज़ थी लेकिन अजल मँडला रही थी
था पुरइसरार सन्नाटा।

*[संगीत में उदासी है और युधिष्ठिर थका-थका।]*

**सूत्रधार :** ज़रा-सी सरसराहट पत्तों की कानों में आई
उसे फिर से वहाँ पर...द्रौपदी मौजूद होने का ख़याल आया।

**युधिष्ठिर :** ख़याल उसका फिसल के हट रहा था ज़ेहन से अब तो
जुदा होकर गिरे पायल से जैसे कोई घूँघरू!

**सूत्रधार (M) :** बड़ा मामूली-सा इक ग़मज़दा इन्सान
अजल के सामने बेबस खड़ा था...!
किनारे पर पड़ी थीं चार लाशें
अचानक ही चले आए थे चारों मौत की ज़द में।

युधिष्ठिर, प्यास से अब भुन रहा था
कि माज़ी हो चुका था राख, और अब हाल था

जो जल रहा था!

हवा ठहरी तो पानी हौज़ का ठहरा।

अचानक चीर के ठहरा हुआ पानी
निकल कर आया इक 'प्राणी'

न आदम था, न हैवाँ था
थी हैबतनाक सूरत, 'यक्ष' था वो!

*[बिलाख़िर, भारी आवाज़ में यक्ष बोला :]*

**यक्ष :** मेरा है हौज़ ये, तुम इसके पानी को न छूना
अगर छूना है तो मेरे सवालों के जवाब देने पड़ेंगे
उधर देखो, तुम्हारे भाई सब बेजाँ पड़े हैं
मेरे कहने पे भी माने नहीं थे वो!

**सूत्रधार (M) :** रुका वो रंज से बोझल...
ज़ुबाँ सूखी हुई थी प्यास से, वो चौंक गया था
दिलासे के लिए भी बूँद भर पानी नहीं था।
नतीजा सोच कर वो एक पल फिर से रुका सँभला!

*[आख़िरकार युधिष्ठिर ने जवाब दिया :]*

**युधिष्ठिर :** बुझाऊँगा नहीं मैं प्यास ऐसे
कहो, पूछो सवाल अपने!

*[संगीत मंज़र के मुताबिक़ बढ़ने लगा।]*

**सूत्रधार (M) :** गवाह थे हौज़, जंगल, चाँद और देह चार उनके
सवाल उस 'यक्ष' के थे...!

*[दो सूत्रधार मुड़ के वापस चले गए। अब सिर्फ़ यक्ष था। उसके सामने युधिष्ठिर...और कुछ फ़ासले पर द्रौपदी खड़ी थी।]*

**यक्ष :** युधिष्ठिर...!
वो क्या है, कौन है जो रोज़ सूरज को उठाता और डूबाता है?

*[द्रौपदी दो क़दम और पीछे हट गई। युधिष्ठिर एक क़दम आगे बढ़ा।]*

**सूत्रधार (M) :** युधिष्ठिर को ख़याल आया कि इन्सां के गले में,
वक़्त का पट्टा पड़ा है
नज़र आई उसे हर सुबह की पहली किरन,
क़ब्रों पे, महलों, पर, निहायत ज़र्द और मैली!

*[फिर मुड़ के बोला :]*

**युधिष्ठिर :** ब्रह्मा है जो सूरज को उठाता है
मगर 'धर्मा' डूबाता है!
कि नियम धर्म होता है!

**यक्ष :** बताओ, क्षत्रिय और ब्राह्मण को क्या, यकसाँ बनाता है?

**सूत्रधार (M) :** युधिष्ठिर पाकबाज़ और जन्म से जंगजू!
जो लश्कर लेकर चलता था...अकेला ही खड़ा था।

**युधिष्ठिर :** अजल ब्राह्मण को जब 'फ़ानी' बनाती है वो इन्साँ है
वही इक ख़ौफ़ है जो हौसला देता है क्षत्रिय को,
कि 'फ़ानी' है!

*[यक्ष ने सामने आकर पूछा :]*

**यक्ष** : ऐ कुन्तये...
बता तो धरती से भारी है क्या? आकाश से ऊँचा?

*[दूसरी सूत्रधार फिर लौट आई।]*

**सूत्रधार** : नज़र आया आचानक ही उसे ग़ैबी नज़र से
वो लम्हा ज़िन्दगी का, कोख में जब परवरिश करता है माँ की
ख़याल आया उसे उस दर्द का,
उस बोझ का जो झेलती है कोख में ममता!

**युधिष्ठिर** : यक़ीन ममता की कोख भारी है ज़मीं से
और उस पर बाप की शफ़क़त है उँची आस्माँ से!

*[अब यक्ष ने जल्दी-जल्दी सवाल करने शुरू किए :]*

**यक्ष** : हवा से तेज़ क्या है?

**युधिष्ठिर** : दिमाग़, ऐ यक्ष—हवा से तेज़ चलता है।

**यक्ष** : ज़्यादा घास से उगता है, क्या है?

**युधिष्ठिर** : ख़याल उगते हैं बिन बीजे, बिना सोचे कहीं भी!

*[यक्ष इस हाज़िर-जवाबी से मुतास्सिर हुआ। युधिष्ठिर ने बयान किया :]*

**युधिष्ठिर** : हज़ारों आँखों वाला राक्षस कोई, ज़रा सोचो
बज़ाहिर ऊँघता, पर, परवरिश करोड़ों मक्खियों की ज़िन्दगी का!
ख़याल उगते हैं बिन बीजे, बिना सोचे कहीं भी।

*[संगीत ने कुछ राहत दी। मगर यक्ष अपनी धुन में था।]*

**यक्ष :** ज़रा-सा ध्यान से सोचो युधिष्ठिर
भला वो कौन है जो सबसे अच्छा मित्र है घर में?

**सूत्रधार :** रगों में चुभ रही थीं जब सलाख़ें
ज़रूरत के बहुत-से रतजगों में...
किसी इक साथ का उसको ख़याल आया!

**युधिष्ठिर :** हाँ, पत्नी सबसे अच्छी मित्र है घर में!

*[द्रौपदी के चेहरे का रंग बदला। एक क़दम दोबारा सामने आई।]*

**द्रौपदी :** जवाब उन दो कँवल-सी आँखों तक पहुँचा!

**सूत्रधार (F) :** बस, एक लम्हे को आँखें मिलीं अचानक ही
नज़र बचाता हुआ वो...वो गिलों से भरी!

**सूत्रधार (M) :** बस, इक नज़र ही से पुल बन भी सकते हैं
अगर दो शख़्स किनारे मिलाना चाहते हैं!

*[पहली बार द्रौपदी ने नज़र भर के युधिष्ठिर को देखा।]*

**द्रौपदी :** ख़याल आया, ज़रा ठहरा, धड़कने लग गया सीने में उसके
हिडिम्बा भीम के संग थी, सुभद्रा साथ अर्जुन के...!

वो दूसरा था जो 'चित्रांगदा' पटाता रहा
और अलूपी से बिस्तरी की थी।
बड़ा था सबसे युधिष्ठिर जो दाना था!

*[एक बार और नज़र भर के उसने युधिष्ठिर को देखा।]*

**द्रौपदी :** बड़ी अना के बावजूद, उसको ख़याल आया
सभी की दूसरी पत्नी थी वो,
सिर्फ़ पहली, अकेली थी युधिष्ठिर की!

*[उसने नज़रें उठाईं।]*

**द्रौपदी :** वो उसको छोड़ कर भी कब गया था?
हमेशा साथ रहा वो, किसी दीवार की मानिन्द
जहाँ चाहे लगा ले टेक उस पर...!

*[संगीत का अन्दाज़ तब्दील होने लगा।]*

**द्रौपदी :** नहीं, इल्ज़ाम से ख़ाली नहीं था वो...
वो इक पाँसे की फिरकी...!

*[पाँसा फेंकने की आवाज़ गूँजी। कोरस ने आवाज़ बुलन्द की :]*

**कोरस :** युधिष्ठिर, कौड़ी फेंको
कौड़ियों को गुनगुनाने दो!

*[द्रौपदी सोच रही थी।]*

**द्रौपदी :** हमेशा ज़ेहन में चकराएगी उसको सुकूँ से साँस भी
लेने न देगी
मगर हैराँ हुई, उस इक गुनाह को, छोड़ कर
कमज़ोरियाँ भी उसकी, लुभाने लग गई थीं!

*[यक्ष अभी तक सवाल कर रहा था :]*

**यक्ष :** बताओ तो युधिष्ठिर...
बनी है किससे कायनात जिसके हम
हमेशा गाते आए हैं भजन और...?

*[युधिष्ठिर ने पहली बार बात काटकर जवाब दिया :]*

**युधिष्ठिर :** ये ला-महदूद दुनियाएँ,
वसी और दूर दूर फैली हुई
जहाँ ज़र्रों के ज़र्रे उड़ रहे हैं बेवजह!

बहुत मायूस मत होना, ये सुन कर...यक्ष, तुम
ये सारी कायनात ख़ाली ख़ला है, कुछ नहीं है!

यही था यक्ष तुम को पूछना था?
यही हर शख़्स ख़ुद से पूछता है!

*[यक्ष कुछ हैरान रह गया। युधिष्ठिर के कहने से पहले उसके सवाल समझने लगा था। अचानक एक और सवाल उछाला उसने :]*

**यक्ष :** वो क्या है जो अकेला ही सफ़र करता है, तन्हा?

**युधिष्ठिर :** बहुत गिरते हैं साये रौशनी से, यक्ष, लेकिन
फ़क़त सूरज अकेला है, सफ़र करता है तन्हा और हमेशा!

**यक्ष :** ख़ुशी भी कौन-सी है? सबसे अच्छी है?

**युधिष्ठिर :** ठहर जाती है जैसे बूँद, बारिश बाद, पत्ते पर
ख़ुशी जो सब्र में है, सबसे अच्छी है!

**यक्ष :** तो सब्र क्या है, कुन्तये?

*[ज़रा रुक कर युधिष्ठिर बोला :]*

**युधिष्ठिर :** बिना शिकवे के करना इंतज़ार अपनी उम्मीदों का!

*[उसने मुड़ के द्रौपदी को देखा और चल कर थोड़ा क़रीब आ गया—और फिर अपनी बात में इज़ाफ़ा किया।]*

**युधिष्ठिर :** किसी ख़्वाहिश को घुल जाने की मुहलत दे के रखना
वो सब बर्दाश्त करना...
कि ख़्वाहिश डूब जाने दो!
दुआ कर लेना और अपनी ज़रूरत छोड़ देना...!

*[द्रौपदी की आँखें झुक गईं, और युधिष्ठिर ने अपना जवाब पूरा किया :]*

**युधिष्ठिर :** ये सब्र करना है!

**यक्ष :** वो दुश्मन कौन है, जिसकी शिकस्त हो ही नहीं सकती?

**युधिष्ठिर :** ज़रा सी लौ से जल सकता है जंगल।
वो दुश्मन ग़ुस्सा है जिसकी शिकस्त हो ही नहीं सकती!

**यक्ष :** युधिष्ठिर, ये बता तो...ग़ुरूर क्या है?

**युधिष्ठिर :** ग़ुरूर ऐ यक्ष, नादानों की ग़लती है
सभी की डोरियाँ बाँधी हुई हैं, बाज़ीगर ने उँगलियों में!
जिसे आदम समझता है कि उसकी अपनी कोशिश है
वो बाज़ीगर की इक उँगली की जुंबिश है!

**यक्ष :** युधिष्ठिर...स्वार्थ बताओ...भूख है या कोई लालसा है?

*[आह भर के युधिष्ठिर बोला :]*

**युधिष्ठिर :** पेट भरा हो और फिर भी...
जीभ से राल टपकती हो तो...

लालसा होती है!

अनमिट भूख है, लेकिन...
औरों को भूखा रख के भूख मिटाना
स्वार्थ है, यक्ष!

**यक्ष :** बताओ तो युधिष्ठिर...
प्रजा की पूँजी में, राजा का कितना हिस्सा होता है?

**युधिष्ठिर :** बस, उतना, जितना उँगली पर बढ़ा नाख़ून
उसे भी काटते रहना ज़रूरी है
ज़्यादा बढ़ गया तो वो,
प्रजा का मांस छीलेगा!

**यक्ष :** बाताओ, राजा की थाली परोसी जाये तो कितनी बड़ी हो?

**युधिष्ठिर :** अगर ख़ुदग़र्ज़ हो तो राज्य पूरा थाली है उसकी।

**यक्ष :** अगर बेग़र्ज़ हो तो?

**युधिष्ठिर :** हथेली के बराबर!
निवाला एक रोटी का
निगलने के लिए इक घूँट पानी का।

**यक्ष :** स्वयंवर क्या है, बोलो तो युधिष्ठिर...?

**युधिष्ठिर :** कोई स्वयं चुने जब ज़िन्दगी का साथ तो वो ही स्वयंवर है!

**यक्ष :** वो क्या साझा भी होता है?

**युधिष्ठिर :** निजी भी होते हैं रिश्ते कई, साझे भी होते हैं,
कि जैसे मित्रता होती है, मित्रों में

या ममता माँ की, जैसे पाँच सन्तानों में देखी है!
वो साझी है।

**यक्ष :** अगर पत्नी हो तो...
उसे तुम क्या कहोगे?

*[युधिष्ठिर ने एक लम्बी साँस ली। द्रौपदी के चेहरे पर तनाव आ गया।]*

**युधिष्ठिर :** शरीर इक शब्द है, और आत्मा इक श्लोक सम्बन्ध का
हवस पल भर की होती है, मगर सम्बन्ध सदियों का!

*[और युधिष्ठिर मुस्कुराया।]*

**युधिष्ठिर :** बड़ा मुश्किल है समझाना तुम्हें, ऐ यक्ष,
गर तुम ब्रह्मचारी हो!

*[युधिष्ठिर ने बात दोहराई और द्रौपदी का भी, और यक्ष का माथा ठनका।]*

**युधिष्ठिर :** बड़ा मुश्किल है समझाना तुम्हें, ऐ यक्ष,
कि पत्नी सिर्फ़ जननी ही नहीं, वो मित्र भी होती है, माँ भी!

वो पाँचों उँगलियों में बँट के भी
अमृत भर इक ओक होती है!

*[युधिष्ठिर की हिम्मत बढ़ती गई—और यक्ष का ग़ुस्सा कम होता गया। उसकी आवाज़ में नर्मी आ गई थी।]*

**यक्ष :** आर्य...
जहाँ में, तुम कहो—सबसे अजब क्या है?

*[युधिष्ठिर अब मुस्कुरा रहा था।]*

**युधिष्ठिर :** बड़ी ही आरज़ी है ज़िन्दगी ये जितनी खुलती है
धुआँ छँटता है जब थोड़ा चिता से
तो फिर चेहरा नज़र आता नहीं क्यों आईने में?

*[अब वो समझा रहा था यक्ष को :]*

**युधिष्ठिर :** करोड़ों मरते हैं हर रोज़, देखे हैं
सभी को मरना है, सब जानते हैं
कभी याद नहीं आता कि जब हर रोज़ जीते हैं
भला इससे ज़्यादा भी अजूबा और क्या होगा?

**यक्ष :** युधिष्ठिर, देखी दानिशमन्दी तेरी। होशमन्दी देखूँ कैसी है?
उदाहरण दे मुझे तू अपनी शक्ति का!
ये सूरज जो तेरी दायें तरफ़ से उठ रहा है,
उसे बायें तरफ़ से उठने को केह दे!

*[युधिष्ठिर हँस पड़ा।]*

**युधिष्ठिर :** ज़रूरत क्या है कहने की! उठा देता हूँ मैं बायें तरफ़ से!

*[और युधिष्ठिर करवट बदल के खड़ा हो गया।]*

**युधिष्ठिर :** मेरी बाईं तरफ़ से उठ रहा है वो—देख लो अब तुम!

*[यक्ष ने सर झुका लिया। संगीत के सुर बदल गए। यक्ष भी अपनी जगह से उतर के सामने आ गया।]*

**यक्ष :** ऐ धर्मराज...ओ राजाओं के राजा...ओ युधिष्ठिर!
तुम्हारे सब जवाबों से तसल्ली हो गई मेरी।
तुम्हारी सोच, दानिश देख कर मैं नमन करता हूँ

तुम्हारे सब्र का इनाम (एजाज़) जाइज़ है!
कहीं, कोई नहीं गुंजाइश अब कुछ पूछने की!

*[चार शव पड़े थे जहाँ, यक्ष वहाँ गया और कहा :]*

**यक्ष :** किसी भी एक भाई के लिए तुम, ज़िन्दगी माँग सकते हो
तुम्हारे वास्ते ये मोजज़ा मंज़ूर करता हूँ!

*[युधिष्ठिर सोच में पड़ गया। मुड़ के द्रौपदी की तरफ़ देखा...वो उसके क़रीब आ गई।*

*द्रौपदी अभी तक मुन्तज़िर थी, वो...*
*वो अपनी बदनसीबी से परेशाँ, लड़ रही थी वसवसों से*
*दिल ही दिल में।*

*अचानक संगीत रुक गया। द्रौपदी को उम्मीद हुई,*
*अर्जुन के ज़िन्दा होने की।*
*युधिष्ठिर यक्ष की तरफ़ मुड़ा।]*

**युधिष्ठिर :** अगर सिर्फ़ एक ही भाई को ज़िन्दा रहना है इनमें,
नकुल को ज़िन्दगी दे दो!

*[संगीत फूट के निकला फ़व्वारे की तरह।*
*यक्ष हैरान रह गया। द्रौपदी पीछे हट गई।*
*यक्ष की आवाज़ में सख़्ती थी जब उसने पूछा : ]*

यक्ष : तुम्हें मंज़ूर है क्या भीम और अर्जुन का मरना?
नकुल को ज़िन्दा रखना चाहते हो!
भला क्या भीम और अर्जुन तुम्हारी माँ के ही जाये नहीं थे?

*[युधिष्ठिर की आवाज़ में फ़र्क़ न आया। वो अपनी प्यास भूल चुका था, बोला :]*

**युधिष्ठिर :** ज़रूरी है मगर ऐ यक्ष, राजा फ़ैसले की वजह बतलाइए
किसी को ठेस न देना, बड़ी इक नेकी होती है
मेरी दो माँएँ थीं, इक मादरी और दूसरी कुन्तये
मुझे दोनों के हक़ का पास रखना है।

जिये दोनों का इक बेटा
यही वरदान दो मुझको!

*[संगीत पिघलने लगा। द्रौपदी की आँखें भर गईं। लेकिन उसके चहरे पर फ़ख्र और इज़्ज़त के भाव उभर आए।*
*रात बीत रही थी। सुबह की पहली किरण नज़र आने लगी थी।*
*यक्ष की आवाज़ भी काँप गई।]*

**यक्ष :** अरे ओ नेक बन्दे...
जगा ले अपने सारे भाइयों को!

*[द्रौपदी फूट-फूट के रो पड़ी जब एक-एक करके चारों भाई ज़िन्दा हो गए।*
*युधिष्ठिर ने नम आँखों से पूछा :]*

**युधिष्ठिर :** तुम वो नहीं जो दिख रहे हो!
बताओ, सच में तुम हो कौन?
वगरना...ऐसी शक्ति तुममें क्योंकर है?

*[यक्ष की आवाज़ कँपकँपा गई।]*

**यक्ष :** युधिष्ठिर, धर्म हूँ मैं
पिता तुम्हारा!

**सूत्रधार :** पिता और पुत्र का मिलना...
ख़ुशी न ग़म कोई भी...
महज़ इक साया जिसको मिल गया था जिस्म अपना!

*[युधिष्ठिर ने पूरा लेट कर पाँव छुए। प्रणाम किया। और बाक़ी सब ने भी।]*

**यक्ष :** ओ दयानतदार राजा—पुत्र मेरे,
माँग...कुछ भी माँग ले!
पिता हूँ मैं, वचन देता हूँ तुझको!

*[युधिष्ठिर ने उसी तरह घुटनों पर बैठे हाथ जोड़े :]*

**युधिष्ठिर :** ओ पिता मेरे...
मैं क़ाबू कर सकूँ ग़ुस्सा!...माफ़ कर देने की शक्ति हो!

*[द्रौपदी ने फ़ौरन आगे बढ़ कर कहा :]*

**द्रौपदी :** पिता श्री...
उतर जाता है दरिया जैसे चौड़ा पाट पाकर...
उतर जाये मेरा ग़ुस्सा मेरा शिकवा...शिकायत
मुझे भी माफ़ कर देने की शक्ति दो!

*[सबने मुड़कर द्रौपदी की तरफ़ देखा। धर्मराज बोले :]*

**यक्ष :** जो चाहा है, वो पाओगे...वही होगा!

*[वो बिना मुड़े, कुछ क़दम पीछे हटे और जाते-*

*जाते फ़िज़ा में तहलील हो गए। घुल गए। द्रौपदी ने आगे बढ़कर युधिष्ठिर का हाथ पकड़ा और उठाया ज़मीं से।]*

*[दोनों सूत्रधार फिर दाख़िल हुए। सूत्रधार-1 ने द्रौपदी की तरफ़ देखते हुए कहा :]*

**सूत्रधार (M) :** उसकी नज़र में चाहत की बेबाकी थी

*[और फिर युधिष्ठिर की तरफ़ देख कर कहा :]*

**सूत्रधार (M) :** तैयार न था वो उसके लिए
चेहरा उठा के, गले से लग के, जिसमें प्रेम और एहतराम था।
एहसास था एक सुपुर्दगी का!

*[दूसरी सूत्रधार भी आगे बढ़ गई।]*

**सूत्रधार-2 :** सिर्फ़ कहीं पर वादियों में
कुछ बर्फ़ पिघलनी होती है
ख़ुश्क पड़े दरियाओं में
तुग़यानी आ जाती है!

*[कोरस गूँज उठा :]*

**कोरस :** ओ दास्ताँगो, दास्ताँगो
एक पन्ना और खोलो, और कहो
वक़्त के पानी पे बहती
काग़ज़ों की कश्तियों को

बादबाँ में आरज़ू...भर जाये तो
साथ लो साहिल को और बहते रहो...

और बहते रहो...और बहते रहो...!
ओ दास्ताँगो...!

*[संगीत धीरे-धीरे उरूज की तरफ़ उठने लगा... युधिष्ठिर और द्रौपदी, एक दूसरे को थामे हुए, सबके साथ उस हौज़ के गिर्द घूम गए...सूत्रधार लौट गए।]*

**[फ़ेड आउट]**

# सुनते हो!

रवीन्द्रनाथ टैगोर के बंगाली अफ़साने पर रचा ड्रामा

लुबना सलीम

अमित जयरथ, नीतू पांडेय, लुबना सलीम और बकुल ठक्कर

सलीम आरिफ़ और गुलज़ार

# पेश लफ़्ज़!

'सुनते हो!' टैगोर का लिखा एक अफ़साना है, ड्रामा नहीं—और अफ़साने का नाम 'स्त्री-पत्र' (पत्नी का ख़त) है।

एक ज़माने में जब मैं 'बिमल दा' का असिस्टेंट था, बिमल राय, वो इस कहानी पर फ़िल्म बनाना चाहते थे। ये मौज़ू, यानी विषय, उस वक़्त बहुत ज़्यादा लाज़मी था। लेकिन आज भी बहुत सुधार होने के बावजूद उसे दोहराना लाज़मी लगता है। क्योंकि वो किरदार और स्त्रियों की तरफ़ वो बरताव, आज भी मौजूद है। समाज का एक बड़ा हिस्सा अब तक उस सुधार का इन्तज़ार कर रहा है।

कुछ अरसा हुआ, जब दोबारा वो कहानी बढ़ी तो जी चाहा कि मृणाल की लिखी वो चिट्ठी, वो ख़त अगर अभी तक पोस्ट नहीं हुआ, तो मैं एक बार फिर उसे पोस्ट कर दूँ।

**—गुलज़ार**

इस ड्रामे में स्टेज पर, दो मीडियम इस्तेमाल होंगे। ज़िन्दा यानी लाइव (live) अदाकार और स्टेज पर एक स्क्रीन—जो एक बड़ा टी.वी. भी हो सकता है। बहुत-से मनाज़िर में, नायिका 'मृणाल' स्टेज पर भी होगी और स्क्रीन पर भी। कहीं-कहीं जो वो बयान कर रही है, वो स्टेज पर वाक़ेअ भी हो रहा है।

स्क्रीन का साइज़ ज़िन्दा किरदार से छोटा होना चाहिए, ताकि वो भी एक किरदार ही लगे।

स्क्रीन पर लाइट आई—और गड़गड़ाती हुई एक ट्रेन गुज़र गई।

उसके बाद मृणाल का क्लोज़अप आया, जो खिड़की के पास बैठी थी। बाहर की धूप उसके चेहरे पर पड़ रही थी। उसके चेहरे पर उसकी आवाज़ सुनाई दी, जैसे उसने सरगोशी में पुकारा :
"शुन्चो...!"

फिर खिड़की से चेहरा मोड़ लिया।

*[तास्सुर के लिए, उसी कोने में, ट्रेन जैसी खिड़की और कुर्सी बनाकर मृणाल को बिठाया भी जा सकता है।]*

मृणाल ने दोबारा आवाज़ दी :
"सुनते हो...! सुना तुमने?"
मृणाल ट्रेन में बैठी लिख भी रही है, और सोच भी रही है। उसके सामने एक राइटिंग पैड खुला हुआ है। और पुरानी तर्ज़ की एक क़लम भी हाथ में है।
"नहीं, नहीं!...'तुम' कह के तो कभी बुला ही न सकी तुम्हें! घर में हमेशा 'आप' ही कह के बुलाया। सिर्फ़ शुन्चो—सुनते हो?
एक बार भूल से 'तुम' बुलाया था, तो घर में सबकी भँवें चढ़ गई थीं। फिर वही बुलाने लग गई। शुन्चेन!..."

पैड पर वो लिख भी दिया, और कुछ देर लिखती रही।
"कितना सुन्दर नाम है तुम्हारा—आनंतो!...ये बदक़िस्मती तुम्हारी कि तुम मेरे मुँह से कभी अपना नाम सुन ही न सके। मगर अब वही बुला लेने दो। शुन्चो!"
हल्की-सी मुस्कुराहट आई लबों पर।

"'तुम' कह के बात करने में थोड़ी बराबरी है। और मुझे वो सब कहने का साहस भी मिल जाएगा जो मैं कहना चाहती हूँ।"

लिखते-लिखते ही कहने भी लगी, जैसे लिखा है और लिखना है।
"हाँ, बता दूँ तुम्हें!
मैं गाड़ी में बैठी हूँ—और जैसे-जैसे तुमसे दूर जा रही है, मेरी साँस में साँस आ रही है।
मन अब भी उतना ही भारी है। लेकिन साँस लेने की जगह बन गई है।
सब कह लूँगी तो जी हल्का हो जाएगा...लेकिन कहूँगी

कैसे? तुम्हारे सामने कहने का न अवसर मिलेगा, न साहस होगा।
इसलिए सोचा—तुम्हें पत्र लिखूँ और सब कह दूँ।"

और लिखने भी लगी :
"स्त्रियाँ कहाँ पत्र लिखती हैं पति को! बड़ी बहू ने कभी लिखा है? लेकिन मैं बड़ी बहू जैसे नहीं हूँ न!"
घर की गैया!
कबीर की बानी याद आ गई।
"मैं बाबुल, तोरे खोंटे की गैया
जत चाहे उत बाँध ले!"

स्टेज के उस कोने से वो कहती रही...जो एक स्पॉट (Spot) लाइट में रौशन हो जाती है...और ज़रूरत पर बुझा दी जाती है। वो कह रही थी :
"यही तो दो बढ़त थीं मुझमें जो कमियाँ बन गईं। थोड़ा-सा पढ़ गई थी।
और थोड़ी, आम लड़कियों से ज़्यादा सुन्दर थी। वही सुनकर तो तुम इतनी दूर आ गए थे लड़की देखने। अपने कुल-पुरोहित के साथ!"

बाक़ी पूरे स्टेज पर लाइट हुई और वो बयान करती रही :
"घर तो ख़स्ता ही सा था, लेकिन दीवारें अच्छी तरह पोत ली थीं। और फ़र्श, आँगन सब साफ़-सुथरे थे।"

दो औरतों ने एक दरी लाकर, चारपाई पर डाल दी। वो अपने स्पॉट लाइट से कहती रही :
"चारपाइयों पर बिछी चादरें पुरानी ज़रूर थीं, मगर धुली हुई थीं। जब आप...मतलब...तुम और पुरोहितजी आए।"

स्पॉट लाइट फ़ेड आउट हो गई...!

आनंतो और पुरोहितजी घर में दाख़िल हुए। मृणाल की आवाज़ आती रही :

"पड़ोस की दो औरतों ने आगे बढ़ के मेहमानों के हाथ-पाँव धुलवाए। बहुत दूर से आए थे न! एक बुज़ुर्ग पुरुष पड़ोसी के सहारे से नानी अम्मी आकर एक कुर्सी पर बैठ गईं। कुछ वो ख़ुद हिलती थीं बुढ़ापे की वजह से, कुछ कुर्सी के पाए हिलते थे।"

मेहमानों के बैठ जाने के बाद, मृणाल ख़ुद दाख़िल हुई। दो गिलासों में शर्बत लेकर। दूसरी औरतों ने एक प्लेट में गुड़ और दूसरी में 'कुरमुरे' लाकर एक तिपाई पे रख दिये और हाथ बाँध कर खड़ी हो गईं।
पुरोहितजी बोले :
"कनिया की कुंडली बनी है क्या?"

मृणाल ने ख़ुद ही जवाब दिया :
"जी, हम यहाँ से भी आगे एक दूर के गाँव में रहते थे। बचपन में, मैं और मेरा भाई, हम दोनों को टाइफ़ाइड हो गया था।"

अंग्रेज़ी में टाइफ़ाइड सुन कर, और सही तल्लफ़ुज़ पर, आनंतो ने पुरोहितजी की तरफ़ देखा। और भँवें उठाईं। मृणाल समझ गई और कहा :
"जी, गाँव में मियादी बुख़ार कहते हैं।"

"हूँ!"
"मैं बच गई। वो चल बसा। माँ और बाबा, बाढ़ में बह गए। नानी, मैं और कुछ बर्तन बच गए थे। इसलिए पता नहीं कि मेरी कुंडली बनी थी कि नहीं।"

पुरोहितजी ने ज़रा ताज्जुब से पूछा :

"बियाह योग्य कनिया क्या तुम ही हो?...जिसके लिए हम आए हैं?"

मृणाल ने सर झुका के जवाब दिया :
"नानी अम्मी अब बोल नहीं पातीं, इसलिए मैं ख़ुद ही बता रही हूँ। और पड़ोसियों से कहलवाना तो ठीक नहीं है। ये सब लोग मेरे पड़ोसी हैं।"

पुरोहितजी ने अपना काम जारी रखा।
"तो फिर हम राशि, गोत्र सब किससे पूछें?"

एक बुज़ुर्ग जो साथ थे, उन्होंने कहा :
"महाराज, हम कनिया की छाया कुंडली बनवा सकते थे। लेकिन बिटिया ने कहा कि मृणाल नाम है बिटिया का। कहने लगी कि गुण-अव-गुण जो है, सामने है। रख दीजिए। बिटिया ने तो घूँघट भी नहीं खींचा।"

मृणाल ने फिर हाथ जोड़े :
"ये मेरे गुरु हैं। इन्हीं से शिक्षा लेकर पली हूँ।"

गुरुजी ने हाथ उठा कर आशीर्वाद दिया :
"बड़ी सत्यवादी लड़की है पुरोहितजी। और बड़ा आत्म-विश्वास है।"

पुरोहितजी ज़रा हिले-जुले और फिर बोले :
"तो लेन-देन की बात किससे करेंगे? आपसे?"

जवाब मृणाल ने ख़ुद ही दिया :

"हमसे...! हमारे पास देने को कुछ नहीं है। गुरुजी और

गाँव वालों की कृपा से हम केवल दस जनों का भोजन करवा सकते हैं।"

गुरुजी ने कहा :
"पुरोहितजी के लिए इक्कीस रुपये की भेंट हम कर देंगे।"

एक पड़ोसिन ने कहा :
"कनिया और वर जी के लिए, दो-दो जोड़ी पोशाक हम बनवाएँगे।"

दूसरी पड़ोसिन बोली :
"और साखा-चूड़ा, ज़ेवर हम पहनाएँगे।"

पुरोहितजी ने मायूस होकर आनंतो की तरफ़ देखा, और उठने जैसे हुए कि स्टेज की लाइट बुझ गई और स्क्रीन पर लाइट आ गई। मृणाल लिख रही थी :

"पुरोहितजी की कोई शर्त हम पूरी न कर सके। हमारे पास देने को कुछ न था। लेकिन जब उठकर गए तुम, तुम्हारी आँख में एक चमक देखी थी मैंने, एक अहंकार।
कोई बात कहीं तुम्हारी ईगो (ego) को जा लगी थी।"

स्क्रीन पर बैठी वो बाहर देख रही थी—और स्टेज पर फिर लाइट आ गई। आनंतो और पुरोहितजी जा चुके थे। दोनों पड़ोसिन औरतों ने नानी को सहारा देकर ले जा रही थीं—और गुरुजी, मृणाल से बात कर रहे थे :
"तुम ज़िद न करो, तो हम और भी कुछ कर सकते हैं दहेज के लिए बिटिया।"
"लेकिन क्यों गुरुजी? उनके यहाँ, किस चीज़ की कमी है?

क्या बहू का ख़र्च नहीं उठा सकते वो? कमी है तो सिर्फ़ नम्रता और न्याय की! और मेरी मानिए, वो फिर आएँगे। उनके अहंकार को चोट लगी है।"

स्टेज की लाइट फिर बुझ गई। मृणाल ने ट्रेन में खिड़की से मुँह फेरा और बोली :

"वही हुआ...! बजाय दस के, दो ही लोग लेकर आए तुम—बड़े भैया, बड़ी बहू और एक घर की दासी। गुरुजी से कहते हुए कई बार मुझे सुनाया तुमने :
'हम तुम पर बोझ नहीं डालना चाहते थे, इसलिए बारात में दो ही लोग लाए।'
सच पूछो तो उसी दिन से तुमने अपने अहंकार का युद्ध शुरू कर लिया था। मुझे न स्वीकार करके भी तो तुम जीत सकते थे...लेकिन मनवाते कैसे?"

स्टेज पर मृणाल, लाल बॉर्डर वाली साड़ी पहने, दुलहन की तरह दाख़िल हुई अपनी ससुराल में। स्क्रीन से उसकी आवाज़ आ रही थी :
"घर में आकर मालूम हुआ, घर में दो गाय थीं—एक पिछवाड़े की झोंपड़ी में बँधी रहती थी। एक घर में घूमती थी—बड़ी बहू।
हमेशा घुटी-घुटी-सी—पूरी साँस उसने कभी ली भी कि नहीं?"

बड़ी बहू, बड़े भैया और सास—पाँचों ने बहू के घर आने की मुख़्तसर-सी रसमें अदा कीं। चालों पर, अलता लगे पाँव रख कर वो सामने के कमरे से गुज़रती हुई घर के अन्दर चली गई...स्क्रीन ज़िन्दा रही—मृणाल

कह रही थी :

"मेरी बातों पे हैरान मत होना। मैं ऐसे बोलती नहीं थी, जैसी लिख रही हूँ। इतने सालों में तुम जान भी नहीं पाए कि मेरे अन्दर एक छोटी-सी कवयित्री भी थी। कविताएँ लिखती थी। तुम्हें अपनी हट्टी के बही-खातों से ही कब फ़ुरसत मिलती थी...ख़ैर!
बियाह के दूसरे बरस माँ हो गई मैं।"

स्क्रीन बुझ गई—और मृणाल रॉकिंग (Rocking) कुर्सी पर हल्की-हल्की झूल रही थी—और कुछ बुन रही थी। शायद रवायती जुराबें बच्चे के लिए।

बड़े भैया दाख़िल हुए कमरे में, और कुछ मेवा भर गए झोली में।
"सेहत का ख़याल रखो बहू!! तुम तो पढ़ी-लिखी हो। सब जानती हो।"

सर पे हाथ फेरा और पूछा :
"कुछ चाहिए?"

मृणाल ने 'ना' में सिर हिला दिया। बड़े भैया वापस चले गए।
"बस, उतने-से दिन बड़ी सेवा हुई मेरी। माँ से भी अच्छे बोल सुने। आते-जाते बड़े भैया भी सूखे मेवे दे जाते थे।"

कुर्सी पर बैठे-बैठे मृणाल फुसफुसाई :
"ख़ानदान के आगे चलने की बहुत उम्मीद लगी थी उन्हें। माँ भी आतीं तो..."

वो कहते-कहते रुक गई...माँ आ रही थीं।

"बहू..."

वो भी कुछ पीने के लिए लाई थीं। शायद 'फ्रूट जूस' था।
"बेटा ही देना बहू! अच्छा?"

और कह के चली गईं।
कह गईं, जैसे शाम की रसोई बता रही हों—क्या पकाना है!
एक रोज़ किसी दाई को बुला लाईं।

माँ एक दाई के साथ दाख़िल हुईं।
"बहू...ये जेठी दाई है। बड़ी अनुभवी है। पेट देख के बता देती है, क्या होगा—बेटा कि बेटी!"

दाई आदतन कुछ चबा रही थी—और उसी तरह उसका पेट दबा-दबाकर देखा और मुस्कुराई।
"अवश्य पुत्र ही होगा।"
"पक्का तो?"
"बिलकुल पक्का!"

दाई ने एक रंगीन धागा अपनी अंटी से निकाला और मृणाल के पैर के अँगूठे में बाँध कर बोली :
"ये बँधा रहने देना।"

माँ ने रुपये निकालकर दाई की हथेली पे रखे।
"ये लो ग्यारह रुपये। तुम्हारे शुभ समाचार के। कपड़ा-लत्ता जन्म के बाद दूँगी।"

दाई ने अपने ख़ास अन्दाज़ में कहा :
"और मेरा चाँदी का छल्ला माँ जी?"

माँ ने अपनी उँगली से चाँदी का छल्ला निकालकर दे दिया।

दोनों चली गईं तो मृणाल ने एक लम्बी साँस लेकर फिर आँखें बन्द कर लीं। कुछ क़दमों की आहट हुई तो मृणाल ने आँखें खोल दीं। बड़ी बहू कमरे में आईं।
"कौन आया है?"
"देवर जी किसी बड़े अंग्रेज़ी डॉक्टर को लेकर आए हैं। नब्ज़-नाड़ी देखेंगे। मैं जल्दी से चली आई। तुम्हारा पल्लू-शल्लू ठीक कर दूँ?"

बड़ी बहू ने उसकी शॉल और पल्लू ठीक कर दिये। आनंतो एक डॉक्टर के साथ दाख़िल हुए। डॉक्टर गले में स्टेथोस्कोप (stethoscope) लटक रही थी। घड़ी देखकर अवाज़ दी :
"गुड आफ़्टरनूनर!"

मृणाल ने अंग्रेज़ी में ही जवाब दिया, तो डॉक्टर ज़रा-सा ठिठके।
"गुड आफ़्टरनून डॉक्टर!"

डॉक्टर ने नब्ज़ देखी—आँखें देखीं, पलकें उठाकर। शायद ब्लड प्रेशर भी। आनंतो ने पूछा :
"ठीक तो है सब?"

डॉक्टर ने 'ना' में मुंडी हिलाई।
"सब ठीक नहीं आनंतो!
तुम्हारे घर में खिड़कियाँ क्यों नहीं हैं? सारे दरवाज़े खोल के रखो। इस घर में ऑक्सीजन की कमी है, इसीलिए 'अनेमिक' है ये लड़की। कुछ विटामिन मेरी डिस्पेंसरी से ले के जाओ।"

आनंतो और डॉक्टर बात करते हुए निकल गए, तो बड़ी

बहू ने पूछा :
"क्या कमी है, बोल रहा था डॉक्टर?"

मृणाल ने लाड़ से बड़ी बहू के सर पे टीप दी और कहा : "कहता है, खिड़कियाँ क्यों नहीं हैं इस घर में? इसलिए न हवा आती है, न ख़ून बनता है।"
"(मुंडी हिलाई) तो...ख़ून हवा से बनता है क्या? न खाने से?..."

मृणाल ने फिर से कंधा थपथपाया बड़ी बहू का। बड़ी बहू बोलीं :
"तुम सो जाओ थोड़ी देर।"

बड़ी बहू चली गईं। मृणाल ने टटोलकर सलाइयाँ और ऊन का गोला गोद में रख लिया।
और धीरे-धीरे एक कविता गुनगुनाने लगी...और अपने फूले हुए पेट पर हाथ फेरती रही :

*"पोले-पोले नाख़ूनों से, अन्दर-अन्दर छीले*
*शैतानी से चुटकी काटे, अंग भी पड़ गए नीले*
*बैरी मेरा, संगी मेरा, मेरी भूख और प्यास*
*लोहू मेरा, मांस है मेरा, मेरा हाड़ और मांस*
*जाने कौन है, जी डरता है,*
*कौन आएगा, जी डरता है!"*

बहुत धीरे से स्टेज की लाइट चली गई। और स्क्रीन रौशन हो गई। मृणाल लिख रही थी :

"दवाइयों और टोटकों से गुज़रते-गुज़रते एक लड़की पैदा

हुई और वो कुछ दिनों की होकर मर गई।" (pause)

एक लम्बी-सी ट्रेन का एक लम्बा शॉट स्क्रीन से गुज़र गया। और फिर मृणाल का चेहरा क्लोज़अप में दिखाई दिया।
"जाते-जाते वो मुझे भी ले जाती, मगर कोख ले गई और छोड़ गई मुझे।"

एक लम्बी साँस लेकर बोली :
"माँ बन जाती तो शायद घर में रुतबा बढ़ जाता मेरा।"

मृणाल पर फिर लाइट आ गई। मृणाल अख़बारों की रद्दी उठा रही थी कमरे में और स्क्रीन से मृणाल कह रही थी :
"बहुत वक़्त लगा मुझे अपने हाल में वापस आते। बहुत कुछ सुनना पड़ा। बहुत कुछ बरदाश्त करना पड़ा।"

बड़ी बहू ने आकर रद्दी ले ली मृणाल के हाथ से। अध-बना हुआ मोज़ा और ऊन का गोला फ़र्श पर पड़ा था...माँ की चीख़ती हुई आवाज़ सुनाई दी :
"मैं तो कहती हूँ, दूसरी ले आओ! एक तो बाँझ थी ही, दूसरी भी बंजर हो गई।"

स्क्रीन बुझ गई...मृणाल और बड़ी बहू, एक-दूसरे का मुँह देखती रह गईं। रुँधी-सी आवाज़ में मृणाल ने कहा :
"बाँझ सिर्फ़ औरतें होती हैं, हमारी न! मर्द बिना बीज के नहीं होते! है न? फिर भी अख़बारों में कितने इश्तहार निकलते हैं मर्दानगी के...!"

उसने रद्दी अख़बार पर छपा इश्तेहार दिखाया...और फाड़ने लगी।
"बड़े भैया को दूँगी। जाकर ले आओ बाज़ार से और..."

बड़ी बहू ने अख़बार छीन लिया।
"पढ़-लिख के कितनी मनहूस हो गई हो तुम!"

बड़ी बहू रद्दी का पुलिन्दा लेकर कमरे से चली गई—और मृणाल कहती ही रह गई :
"हाँ...औरतें पढ़ जाएँ तो यही होता है!"

सर झुका के वहीं दो ज़ानो होकर बैठ गई और बुड़बुड़ाने लगी :

"आले भरवा दो मेरी आँखों में
बंद करवा के ताले लगवा दो!
हाथ-पाँव निचोड़ दो मेरे
सूख जाने दो धूप में उनको
बस कि मिट्टी हुआ है मेरा बदन
अब तुम्हें इसकी क्या ज़रूरत है?"

आख़री लाइनें कहते हुए अपने पेट पे हाथ मारे।

"अब कोई भूख है न ईंधन है!
अब ये तन्दूर जल नहीं सकता!!"

अचानक बड़ी बहू, डरी हुई, हाँफती हुई, आँसू पोंछती कमरे में दाख़िल हुई।
"मृणाल...मृणाल!"
"क्या हुआ भाभी...?"
"बिन्दु आई है। गैया के खपरैल में छुपी बैठी है।"
"आपकी छोटी बहन? बिन्दु? वही न?"

भाभी ने ज़ोर से 'हाँ' में सर हिलाया।

मृणाल ने पूछा :
"पर हुआ क्या? और वहाँ गैया की कोठरी में क्यों छुपी बैठी है?"
"माँ के मरने के बाद ही से, कभी मामा के हाँ, कभी चाचा के हाँ बड़ी हो रही थी। अब हाथ-पाँव निकल आए हैं तो... जवान लड़की का बोझ कौन उठाएगा?"
"मगर भाभी, बहन है तुम्हारी! वहाँ क्यों रखा है?"

"मैंने रखा नहीं। वो ख़ुद ही आ के छुप गई है। मैं यहाँ आने से मना करती थी न, इसलिए।"

मृणाल पैर पटककर ग़ुस्से से बाहर चली गई। भाभी की साँस रुक गई। ज़रा देर में मृणाल बिन्दु को बाँह से खींचते हुए कमरे में आ गई।

बिन्दु बौखलाई हुई, डरी हुई, कपड़ों की एक पोटली को सीने से लगाए आ गई। मृणाल ने धक्का देकर बिठा दिया।
"बैठो बिन्दु!"

और भाभी से बोली :
"पता नहीं, कितने गाँव चलकर आई थी! देखो तो, भूख-प्यास से निढाल हो रही है।"

मृणाल ने पानी का गिलास भर के दिया। भाभी अभी तक बौखलाई हुई थीं।
"अब देवर जी से क्या कहोगी?"
"क्या कहूँगी?...तुम्हारी बहन आई है, और क्या!"
"नहीं, नहीं...ये मत कहना..."
"भाभी, कैसी बातें कर रही हैं आप?"
"मैं क्या करूँ मृणाल—मेरी कुछ समझ में नहीं आता।

औरत का जन्म ही नरक का जन्म है।"
"पता नहीं, उसका जन्म नरक का है या इस नरक में जन्म हुआ है!"

यकदम स्टेज की लाइट बुझ गई। एक ड्रामाई i**M**pact के साथ...और स्क्रीन जग गई।
"फटे हाल थी बेचारी बिन्दु। पता नहीं, कितने रिश्तों से कट के अपनी सगी बहन के हाँ पनाह लेने आई थी, जो ख़ुद अपनी भी सगी नहीं बची थी। मैंने बिन्दु को नहलाया, धुलाया, खिलाया, और वो वहीं फ़र्श पर निढाल होकर सो गई। कुछ दिन बाद फिर वहीं, उसी कमरे में भाभी दौड़ी हुई आईं—आँसू दबाए, नाक पोंछते। हाँफ रही थीं।"

एक बार फिर स्टेज पर उसी कमरे की लाइट रौशन हो गई।
"अब क्या हुआ?"
"वो पूछ रहे हैं, बिन्दु कब तक रहेगी? वापस कब जाएगी?"

मृणाल ने सर उठा कर पूछा :
"कौन पूछ रहे हैं?"
"वो...तुम्हारे बड़ें भैया!"
"उनसे तो मैं नहीं पूछ सकती लेकिन..."

वो रुक गई—आनंतो अपनी छतरी लेने कमरे में आ रहे थे। भाभी फ़ौरन कतरा के निकल गईं। मृणाल ने पूछा :
"क्यों जी...कहाँ जाएगी बिन्दु? बेसहारा है और कोई रिश्तेदार भी नहीं। अपनी बहन के पास नहीं रहेगी तो कहाँ रहेगी बेचारी?"

आनंतो ने बड़ी बेरुख़ी से जवाब दिया :

"बेचारों का आश्रम खोल लूँ क्या?...तुम भी तो बेचारी थीं, जब मैं ले आया था। और कितनी बिचारियों को रख लूँ?"

ये कह के वो अपनी हट्‌टी के लिए निकल गए। मृणाल देखती रह गई।

स्क्रीन से मृणाल बोली :
"मैंने तुम्हारी आँखों में वही चमक देखी—अहंकार की! तुम अभी तक अपनी बाज़ी खेल रहे थे।"

मृणाल भी कमरे से निकल गई, लेकिन स्क्रीन पर कह रही थी :
"बड़ी बहू ने क्या-कुछ नहीं किया अपने पति को राम रखने के लिए!
"झी" के जितने काम थे, बिन्दु से करवाने लगी थीं। और तो और, गाय को खिलाना, धुलाना और गोबर सँभालने से लेकर, सारे घर के कपड़े, बर्तन माँजने तक का काम वो करने लग गई थी।"

मृणाल फिर कमरे में लौट आई...स्क्रीन पर कह रही थी :
"मुझे शर्म आती थी। और अन्दर-अन्दर कुढ़ने लगी थी।"

मृणाल के हाथ में 'पेस्ट' जैसी कोई चीज़ थी। नीम के पत्ते पीसकर बनाई थी। जैसे ही स्क्रीन बुझी, मृणाल ने आवाज़ दी :
"बिन्दुऽऽ?"
बिन्दु के हाथ में एक थाली थी—बचे-खुचे खाने की। मृणाल ने पूछा :
"ये क्या है?"

"बचा-खुचा खाना सबका।"
"तू खाएगी?"

बिन्दु ने दबी हँसी के साथ कहा :
"नहीं दीदी! मैं जमा करके गाय को खिला देती हूँ।"

उसी वक़्त गाय के डकारने की आवाज़ आई—बिन्दु बोली :
"आती हूँ...हं!! देखा, कैसी हिल गई है दीदी!"

थाली लिये हुए बिन्दु चली गई गाय की छप्पर में। मृणाल बुड़बुड़ाई :
"गाय हिल गई उससे लेकिन घर वाले नहीं हीले। वो मानुस नहीं हुए!"

वो अभी तक हाथ का मरहम को फेंट रही थी या पीस रही थी।
"कुछ दिन पहले, एक मोटी पित्त जैसे दाने निकल आए थे, उसके बदन पर, तो सारे घर ने तूफ़ान उठा दिया था। 'चेचक है, माता निकल रही है! उसे बाहर रखो...! उसे बाहर रखो...वही गाय वाली कोठरी में रखो!' मुझसे बर्दाश्त नहीं हुआ—मैं उसे अपने कमरे में ले आई।"

बिन्दु कमरे के एक कोने में आकर खड़ी हो गई थी। मृणाल की आवाज़ आई :
"याद है, तुमने क्या कहा था?"

आनंतो दाख़िल हुए।
"ख़ुद मरना है, या मुझे मारना चाहती हो इस महामारी से?"

मृणाल ने आगे बढ़ के समझाने की कोशिश की :
"वो 'चेचक' नहीं है। दिन-रात कूड़े-गोबर में काम करने से कभी-कभार ऐसे दाने निकल आते हैं। चार दिन नीम पीस के लगाएगी, तो ठीक हो जाएगी।"

आनंतो ने डाँट दिया :
"ज्ञानी काफ़ी थीं, अब विज्ञानी भी हो गई हो?"

बिन्दु कमरे से चली गई। आनंतो अपना तकिया और चादर उठाई, कमरे से बाहर निकल गए।
मृणाल कमरे में खड़ी रह गई। लाइट सिमटकर उस पर ठहर गई।
"कुछ याद है, कितने बरस हुए उस बात को? तभी से तुमने मुझे अलग कर दिया था। न तुम लौटे, न मैं गई तुम्हें मनाने। उस दिन से बिन्दु मेरे व मरे में, मेरे साथ रहने लगी।"

स्टेज बुझ गया और स्क्रीन जग उठी—एक लम्बी सीटी के साथ ट्रेन स्क्रीन से गुज़र गई।
मृणाल उसी खिड़की पर बैठी थी। उसने अब एक शॉल ऊपर ले ली थी। और लिख रही थी :
"मैं जानती थी, उसे घर से हटाने की तरकीबें सूझने लगी थीं सबको।
और उसमें बड़ी बहू उतनी ही उतावली थीं जितने बाक़ी घर वाले।"

पैड के काफ़ी काग़ज़ भर गए थे—पता चल रहा था।
वो लिखती रही :
"वही बार-बार आकर कहतीं : 'क्यों एक ग़रीब लड़की को ख़राब करती हो...? इतनी दया उसे रास नहीं

आएगी मृणाल। कल क्या पता, किस घर जाए! क्या-क्या सहना पड़े!"

"आजादी के आन्दोलन में किसी क्रान्तिकारी की तलाश हो रही थी। पुलिस घर-घर की तलाशी ले रही थी। पता नहीं क्यों, सब को मेरे ही कमरे में बुलाया गया था!"

ट्रेन की एक लम्बी सीटी के साथ स्टेज पर लाइट आई, और एक पुलिस इंस्पेक्टर कमरे में दाख़िल हुआ। बड़े भैया, आनंतो, भाभी और बिन्दु—मृणाल भी, सब हाज़िर थे। आनंतो ने पूछा :
"बस, हम यही सब हैं घर वाले। किसकी तलाश है थानेदार साहब?"
"एक क्रान्तिकारी, चटागांग से भागा है। और सुना है, इसी इलाक़े में आकर छुपा है। सुना है, बहुत ख़तरनाक है। बम-वम भी बना लेता है।"

आनंतो ने मज़ाक़ किया :
"हमारे यहाँ तो एक ही क्रान्तिकारी हैं—हमारी पत्नी। ले जाइए इन्हें!"

इंस्पेक्टर हँस पड़े—और वापस हो गए। उनके पीछे-पीछे सब कमरे से बाहर निकल गए।
सिर्फ़ मृणाल और बिन्दु रह गईं कमरे में। बिन्दु बोली :
"दादा आपसे ऐसे कैसे बोलते हैं? सब मेरे कारण है न?"

मृणाल बैठ गई—बिन्दु पास आकर बोली :
"बड़ी दीदी भी मेरे लिए ही सब सहती रहती हैं। आप भी। मैं यहाँ से चली तो जाऊँ दीदी, पर जाऊँ कहाँ?...मेरे कहने से कोई अनाथ आश्रम में थोड़ा ही रख लेगा।"

मृणाल ने डाँट दिया :
"चुप कर तो! तुझे किसी ने कहा है जाने के लिए?..."

बिन्दु के आँसू निकल गए।
"कोई कुछ भी कहे, मैं तुझे छोड़ूँगी नहीं। तू अनाथ नहीं है। मैं हूँ न, तेरी माँ!"

बिन्दु ने मृणाल की गोद में सर रख दिया और देर तक रोती रही।
स्क्रीन पर ट्रेन ने पटरी बदली, बड़ी खड़खड़ाहट के साथ।
मृणाल की सिर्फ़ आवाज़ सुनाई दी :
"मुझे पता नहीं, वो हुआ कैसे?...बड़े भैया की कोशिश थी, या तुम्हारी साज़िश थी?"

बिन्दु दौड़ती-हाँपती मृणाल के कमरे में दाख़िल हुई।
"दीदी...! दीदी...!"

मृणाल कुछ कर रही थी—सर उठा कर देखा।
"क्या हुआ?"

बिन्दु थरथर काँप रही थी।
"कोई...कोई...कोई आया है—देखने..."
"क्या देखने?"

मृणाल खड़ी हो गई। बिन्दु उसके कंधे से चिमट गई।
"मैं...मुझे...वो...दीदी ने कहा है...कपड़े..."

वो रो पड़ी।
"आपने कहा था...मुझे नहीं छोड़ेंगी!"

मृणाल ने ढाढ़स दी :
"कौन है? कहाँ है? देखने तो दे।"

बिन्दु ने बैठक की तरफ़ इशारा किया।
"वो...वो चौड़े माथे वाला, जिसके मुँह पर चेचक के दाग़ हैं?"

मृणाल ने झाँककर देखा—और फिर आवाज़ दी :
"सुन्चो...! सुनिए...सुनिए न...!

और इशारे से आनंतो को अन्दर बुलाया।
"कौन है जी वो आदमी? क्यों आया है?"
"बिन्दु को देखने आए हैं। किसी ने रिश्ता भेजा है, क्या बुरा है?"
"वो तो बहुत उम्र का लगता है!"
"वो वर नहीं है। अपने छोटे भाई के लिए लड़की देखने आया है। ज़रा-सा माँज-पोंछ के भेज दो इसे। एक गिलास शर्बत का देकर।"

ये कह के वो लौट गए। और मृणाल, बिन्दु की तरफ़ मुड़ी।
"मुँह-हाथ धोकर, साड़ी बदल लो। और चली जाओ। और कुछ करने की ज़रूरत नहीं है।"

बिन्दु ने मृणाल के पाँव पड़ गई—पलंग का पाया पकड़ लिया।
"मैं नहीं जाऊँगी दीदी! आपको छोड़ के कहीं नहीं जाऊँगी!
मुझे सारी उम्र के लिए नौकर रख लो दीदी लेकिन..."

मृणाल ने उसके मुँह पर हाथ रख दिया।

"चुप कर—पागल मत बन बिन्दु! लड़की का अपना पति हो, घर हो, रूखी-सूखी जो भी मिले, वो भीख की दस चूड़ी से भली। अपनी दीदी को देख...!"

बिन्दु ने पाए से सर मारा।
"वही तो देख रही हूँ...!"

मृणाल हैरान रह गई सुनकर...। उसी वक़्त बड़ी बहू अन्दर आईं। उनकी लाल-लाल नाक से पता चल रहा था कि छुप के देर से रोती रही हैं। अभी तक आवाज़ में आँसू थे।

"अरी अभागन, जाती क्यों नहीं? घर बैठे कोई पूछने आ गया, कम है क्या? भगवान ने इतनी दया की है तो..."

अचानक उनकी आवाज़ रुक गई। दरवाज़े पर आनंतो खड़े थे। वहीं से बोले :
"वो चले गए...!"

और फिर कहा :
"बिना देखे वो रिश्ता स्वीकार कर गए हैं। और पाँच दिन बाद की तिथि भी तय कर गए हैं, क्योंकि उसके बाद 'श्राद्ध' शुरू हो जाएँगे।"

ये ऐलान करके आनंतो चले गए। कमरे में सन्नाटा छोड़ गए। भाभी भी चली गईं। बिन्दु हिचकी में कह रही थी :
"दीदी...पाँच दिन हैं, मौत आते क्या इतने दिन लगते हैं!"

और मृणाल के पाँव पड़ के रोने लगी।

स्क्रीन जाग उठी...मृणाल कह रही थी :

"सच मानो...बिना दर्द के अगर वो मर सकती, तो मुझे भी कोई दर्द न होता। पाँच दिन भी निकल गए...बिन्दु को मैंने अपने गहनों से शादी के लिए सजाया। गहने भी कहाँ थे? और सजाने को भी क्या था? बस, एक नई साड़ी में तैयार कर दिया उसे। मेरे सामने ही वो रुहाँसी होकर अपनी दीदी से बोली थी..."

उसी कमरे में बिन्दु अपनी बहन से कह रही थी :
"दीदी, गैया के पास थोड़ी-सी जगह दे दो। लेकिन ऐसे मत निकालो मुझे घर से!"

आनंतो ने आकर ऐलान किया :
"शादी लड़के के यहाँ होगी। उनके हाँ यही दस्तूर है। और दो से ज़्यादा लोग साथ नहीं जाएँगे।"

मृणाल ने मिन्नत की :
"हम तो जाएँगे न?"
"नहीं! बड़े भैया और भाभी, बस!"
"क्यों?"
"तुम्हारे हाँ कितने लोग गए थे?"

बिन्दु मृणाल से लिपट के रोती रही—फूट-फूटकर।
और स्क्रीन पर मृणाल कह रही थी :
"अब तुम अपने अहंकार की बाज़ी जीत रहे थे।"

वही कमरा और रात का अँधेरा। बड़ी मद्धिम-सी लाइट—
मृणाल कह रही थी :

"मुझे कई दिन नींद नहीं आई। कोई ख़बर भी नहीं मिली। पूछती भी तो किससे?...तुमसे?..."

मृणाल स्क्रीन से चली गई, लेकिन अपने कमरे में सो रही थी। अचानक गाय के डकारने की आवाज़ आई और मृणाल जाग गई। उठ के रौशनी कर ली। गाय की आवाज़ आई—और मृणाल को कुछ शक हुआ—वो जल्दी से बाहर भागी...और देखते ही देखते बिन्दु के साथ वापस आई थी। बाल बिखरे हुए, चेहरे पर ख़राशें थीं। मृणाल खींच के अन्दर ले आई।

"वो भूसे की बोरियों में कब तक छुपी रहती?...क्या करती जब सब देख लेते?"

बिन्दु की आँखें फट रही थीं।
"क्या हुआ है...? ये कैसे निशान हैं मुँह पर?"

बिन्दु की आवाज़ अटक-अटककर निकली।
"वो...वो पागल हैं दीदी। दिन में कई बार दौरे पड़ते हैं उन्हें।
मुँह से झाग उड़ने लगती है।"

मृणाल सकते में आ गई...हैरत से उसका मुँह तकने लगी।
"एक कमरे में संगलियाँ लगी हैं। ले जा के बाँध देना पड़ता है। सास कहती है—पहले कभी-कभी होता था। मेरे आने से रोज़-रोज़ होने लगा है।"
"और कौन है घर में?"
"ससुर थे—सुना है, वो ये शादी नहीं चाहते थे। इसलिए लड़ाई करके काशी चले गए।"

"किससे सुना?"
"वो जो देखने आए थे। वो...वो मेरी सास के भाई थे। वो बहुत ज़ालिम हैं। सासू बेटे को भी मारती हैं। मुझे भी।"

फिर गला भीगने लगा उसका :
"मुझसे और...नहीं...दीदी...मैं...वो दोनों मुझे भी उनके साथ बन्द कर देते हैं।"

स्क्रीन पर एक चीख़-सी निकली। आवाज़ आई :
"उसी दिन मेरे सर में सींग निकल आए थे।"

और स्क्रीन बुझ गई।

मृणाल कमरे में कह रही थी :
"तू यहीं रहेगी। देखती हूँ, कौन लेकर जाता है?"

उसी रात की सुबह, जब दिन निकला—बड़े भैया दनदनाते हुए कमरे में दाख़िल हुए।
"कहाँ है वो लड़की?"

मृणाल खड़ी हो गई। और बिन्दु छुप गई उसके पीछे।

स्क्रीन पर फिर एक फ़्लैश आया।

"पहली बार मैंने, बड़े भैया के आने पर सर नहीं ढाँपा। मैं चाहती थी, वो मेरे सींग देख लें।"

और स्क्रीन बुझ गई।

उसी कमरे में बड़े भैया चिल्लाकर कह रहे थे :
"बहूऽऽ...तुम क्या चाहती हो, हम पुलिस की हथकड़ियाँ पहन लें?"

पीछे-पीछे आनंतो भी आ खड़े हो गए...और उनके पीछे वही चेचक वाला दाग़दार आदमी खड़ा था। बड़े भैया अभी तक चिल्ला रहे थे :
"उसकी सगी बहन को इतनी तकलीफ़ नहीं होती जितनी तुम्हें होती है। माँ की तरह वो अपने हाथों से कन्यादान करके आई थी। क्या उसे नहीं मालूम था, किससे बियाह रही है? उसके कहने से अब पति पागल हो गया। कल उसके कहने से ख़ूनी हो जाएगा?..."

और फिर फ़ैसला सुना दिया :

"तुम्हारे लाड़ ने बड़े घर का मोह डाल दिया है उसे। छोटे घर में अब दिल नहीं लगता उसका।"

उसी तरह वो दनदनाते हुए कमरे से बाहर चले गए। उनके पीछे-पीछे सब जा रहे थे। जब मृणाल ने आनंतो को आस्तीन से पकड़ के रोका :
"बताइए...क्या मैं उसके साथ जा सकती हूँ? मैं ख़ुद देख-कर करती हूँ उसके पति को।"

एक झटके से उन्होंने आस्तीन छुड़ा ली, और चले गए सबके पीछे।
मृणाल ने मुड़ के देखा तो बिन्दु, शायद पहले ही निकल गई थी। उसने हल्के से आवाज़ दी :
"बिन्दु...ऽऽ"

उस पर बड़ी बहू दाख़िल हुईं।

"मृणाल, उसे समझाओ—पागल हो, गधा हो, जो भी हो, अब वह उसका पति है। उसकी मुक्ति उसी के साथ है।"

"भाभी, मुझे उसके घर का पता दे सकती हो?"

"तुम वहाँ मत जाओ...ये भूल मत करना।"

"मैं नहीं जाऊँगी। मुझे पता तो दो!"

भाभी हिचकिचाते हुए बोलीं :

"भोईं तल्लैया गाँव में महादेव मन्दिर के पीछे घर है उनका।"

मृणाल ने सर हिला कर कहा :

"हूँ! बिन्दु कहाँ है? मेरे पास भेज दो।"

"वो तो...तुम्हारे पास ही थी! बाहर तो किसी ने नहीं देखा!"

मृणाल चौंकी :

"वो कहीं...गाय की खपरैल में देखा...वो...चलो।"

और दोनों भागकर कमरे से निकल गईं।

मृणाल स्क्रीन पर बयान कर रही थी :

"बहुत ढुँढ़वाई हुई। किसी ने कहा, तालाब की तरफ़ गई थी। किसी ने बताया, स्टेशन की तरफ़। किसी ने बस के अड्डे की तरफ़ इशारा किया...आधा दिन बीत गया। जो उसके ससुराल से आया था, ये कह के लौट गया—'शायद घर ही चली गई।' दिन इसी सन्नाटे में बीता। लेकिन जैसे ही शाम का धुंदलका फैला, एक ख़बर आई—'अखाड़े वाले कुएँ में किसी की लाश मिली है। शायद इसी घर

की है!...' मैं समझ गई थी, और किसी की हो ही नहीं सकती...!"

कमरे में हल्की-सी रौशनी थी। शाम ढल रही थी। बड़े भैया ऊपर-नीचे टहल रहे थे, जब आनंतो भी आ पहुँचे।
"तुमने फिर अपने जैसी हरकत की?"

स्क्रीन से एक आवाज़ आई :

आनंतो ने बड़े भैया से कहा :
"अब किसी को ख़बर करने की ज़रूरत नहीं है। लाश डूम के हवाले कर दो कि रात ही में मरघट पे संस्कार पूरे करा दे...!"

और बताया :
"अब और ज़्यादा झमेलों में मत पड़िए!"

बड़ी बहू भी आकर दरवाज़े पर खड़ी हो गईं।

स्क्रीन पर एक ट्रेन तेज़ रफ़्तार में गुज़र गई।
दोनों जगह से लाइट बुझ गई—अँधेरे में सिर्फ़ ट्रेन की आवाज़ सुनाई देती रही। और जब रौशनी हुई तो घर में सुबह हो रही थी।

सब कमरे में मौजूद थे। और सन्नाटा था। जब मृणाल एक कलसी सीने से लगाए घर में दाख़िल हुई। सबने एक दूसरे की तरफ़ देखा। आनंतो ने बड़ी मद्धिम आवाज़ में पूछा :
"कहाँ गई थीं, इतनी सुबह?"

मृणाल ने कोई जवाब न दिया। बल्कि कलसी कमरे के बीचोबीच मेज़ पर रख दी।
एक लाल कपड़े का टुकड़ा जो वो कोने में रख गई थी, वो उठाया और कलसी के मुँह पर बाँधने लगी। आनंतो ने पूछा :
"क्या करोगी इसका?"

बड़ी तेज़ नज़र से उसने आनंतो की तरफ़ देखा।
"अस्थियों का क्या करते हैं?"

आनंतो की आवाज़ टूटने लगी :
"लेकिन फिर भी..."

मगर बात पूरी न कर सके।

मृणाल नहाकर आई थी। बग़ैर किसी ख़ौफ़ के उसने बाल खोल झटक के जूड़ा बनाया और पीठ पर डाल लिया। बड़े भैया ने ख़ुद ही आँखें फेर लीं। एक कोने से शॉल उठाई—अपना झोला उठा लिया...आनंतो ने पूछा :
"कहाँ जाना है?...अस्थियाँ विसर्जन करने?"

बिलकुल सामने आकर बोली :
"मैं जा रही हूँ, जगनाथ पुरी। इन अस्थियों के विसर्जन के लिए—और मेरे साथ कोई नहीं आएगा। बिन्दु की बहन भी नहीं!"

पहली बार शायद भाभी सबके सामने रोई। बड़े भैया खड़े हो गए। मृणाल ने खुली आवाज़ में कहा :
"मैं स्टेशन तक पैदल ही जाऊँगी। नौ बजे की गाड़ी है।"

और दरवाज़े की तरफ़ चल दी। आनंतो ने पीछे से पूछा :
"कब लौटोगी?"

मृणाल ने मुड़ के भी नहीं देखा और चली गई...सब हैरत से खड़े रह गए। स्क्रीन पर बैठी मृणाल ने ख़त ख़त्म किया और बुलन्द आवाज़ में बोली :

"मैं नहीं लौटूँगी...! मैं नहीं लौटूँगी मरने के लिए!
मुझे ज़िन्दा रहना है!...सुनते हो! सुनते हो!"

आहिस्ता-आहिस्ता बत्तियाँ मद्धम होते-होते बुझ गईं और ट्रेन की आवाज़ दूर तक जाते हुए डूब गई।

**[फ़ेड आउट]**

# बाबा नूर

अहमद नदीम क़ासमी के उर्दू अफ़सानों पर रचे ड्रामे

ओमपुरी और गुलज़ार

ओमपुरी

خارش

# पेश लफ़्ज़!

नाहीद क़ासमी, नोमान क़ासमी, नैयर हय्यात क़ासमी की अजाज़त और दुआओं के साथ 'बाबा नूर', 'मुख़बिर' और 'आलाँ' के ड्रामे इस किताब में शामिल कर रहा हूँ।

ये तीनों अफ़साने पाकिस्तान के एक बड़े अफ़साना निगार के लिखे हुए हैं। जनाब अहमद नदीम क़ासमी—मैं उन्हें 'बाबा' कहता था। वो अब नहीं हैं।

मैं इन तीनों अफ़सानों पर, टी.वी. के लिए 'किरदार' नाम से एक सीरियल बनाया था और तीनों में हिन्दुस्तान के एक नामवर एक्टर ने अदाकारी की थी। उसका नाम ओमपुरी था।

इन तीनों अफ़सानों में तक़सीम से पहले का पंजाब नज़र आता है। ख़ास तौर पर 'दूसरी आलमी जंग' (सेकेंड वर्ल्ड वार) का दौर था। ये उधर का पंजाब है। हालाँकि इधर का भी वैसा ही है। ऐवीं बाँट दिया। लोग तो वैसे ही हैं!

—गुलज़ार

# एक

सफ़ेद रंग के पाजामे पर, सफ़ेद रंग का चोग़ा पहने और सफ़ेद टोपी सर पे लगा के बाबा नूर दूर से आते हुए पहचाने जाते हैं—उनको देखकर, दो-तीन बच्चे सामने की दीवार के पास आकर खड़े हो गए। लेकिन उनके पास पहुँचते ही भाग भी गए। सिर्फ़ एक छोटा-सा लड़का खड़ा रह गया।

"कहाँ जाते हो बाबा नूल?"

बाबा नूर ने रुककर बड़े एहतराम से जवाब दिया :
"बस, यहीं ज़रा डाकख़ाने तक जा रहा हूँ...आदाब!"
और आगे बढ़ गए।

वो लड़का भी वापस गली में भागने लगा तो मौलाना से टकरा गया। वो सब देख रहे थे।
"हँसो मत, नालायक़...ऐसे नेक इनसान का मज़ाक़ उड़ाना गुनाह से कम नहीं होता। ये अल्लाह ताला ही की मर्ज़ी है कि उसने उनकी याददाश्त लेकर उन्हें ग़म से आज़ाद कर दिया।"

लड़का घबराया हुआ उन्हें देखता रहा।
मौलाना बोले :
"जाओ, घर जाओ"

वहाँ से मुड़ के मौलाना भी अपनी राह निकल गए।

# दो

बाबा नूर क़स्बे की गलियों से गुज़रते हुए डाकख़ाने की तरफ़ चलते रहे।

एक राह में नानबाई अपनी दुकान पर गाहक को चाय दे रहा था। साथ में 'रसक' और 'समोसे' देते हुए कहने लगा :

"इस जंग में जो दाम चढ़े आटे-मैदे के, तो फिर नीचे नहीं आए। समोसे पैसे के चार मिलते थे, अब एक पैसे का एक मिलता है। ये मट्ठियाँ रिकाबी भर के देते थे। अब गिन के देनी पड़ती हैं । हर तरफ़ आग ही लगा गई ये जंग!"

अचानक नानबाई ने बाबा नूर को गुज़रते देखा।

"बाबा नूर...अस्सलाम वालेकुम!"

"वालेकुम अस्सलाम भाई...कैसे हो?"

"आओ, चाय पियो, बाबा...तैयार है।"

"नहीं भाई, ज़रा जल्दी में हूँ। तुम तो जानते हो डाकख़ाने वालों को, किस उज़लत में रहते हैं!"

"बाबा, एक मिनट बैठो न—एक मट्ठी तो चख के जाओ, ताज़ा बनाई हैं...!"

बाबा नूर रुक गए और कहा :
"तो लाओ, फिर हाथों ही में दो। खाता हुआ निकल जाऊँगा!"

नानबाई मट्ठी लेने दुकान के अन्दर गया, तो बाबा नूर पल भर को वहीं बेंच पर बैठ गए। नौ-दस साल का एक लड़का पास की दीवार से बाहर आया और आकर बाबा नूर से फुसफुसा कर कहा :
"बाबा नूर...शायद डाकख़ाने जा रहे हैं आप?"
"हाँ, भाई, डाकख़ाने ही जा रहा हूँ!"
"ज़रा मेरी एक चिट्ठी भी डाल देंगे? मुंशी को देना है।"
"हाँ, हाँ, ज़रूर डाल दूँगा।"

लड़के ने क़मीज़ के नीचे से एक मैला-सा लिफ़ाफ़ा निकाला और उन्हें देते हुए...कुछ और कहने लगा था कि नानबाई बाहर आया।
"अबे ओ—क्या हो रहा है ये? यहाँ क्या कर रहा है तू?"

वो लड़का जल्दी से लिफ़ाफ़ा वहीं फेंककर भाग गया। नानबाई ने उठाया और फाड़ डाला। बाबा नूर ने शिकायत की :

"ये क्या किया भाई तुमने...डाकख़ाने ही तो जा रहा था, डाल देता उसकी चिट्ठी!...ख़्वाहमख़्वाह उसकी चिट्ठी फाड़ दी!"

उल्टा बाबा नूर नाराज़ होके चल दिये।
"नहीं खानी है तुम्हारी मट्ठी मुझे। नहीं खाऊँगा।"

नानबाई ने समझाने की कोशिश की :
"बाबा, आप समझते क्यों नहीं? रोज़-रोज़ ये लौंडे आपको... ख़्वाहमख़्वाह तंग करते हैं, और आप..."

लेकिन वो जा चुके थे। कुर्सी पर गाहक ने पूछा :
"क्या हुआ?...बाबा क्यों मट्ठी छोड़ के चले गए?"
"नाराज़ हो गए।"
"तुमसे?"
"हाँ। लड़के को डाँट दिया न, इसलिए। बच्चों से बड़ी मोहब्बत है उन्हें, और इस गाँव के बच्चे ही उनकी जान खाते रहते हैं।"

मट्ठी वापस मर्तबान में रखते हुए बोला :
"तुम जानते हो, कितना बड़ा ज़मींदार था इस आदमी का बाप? कितनी बड़ी हवेली थी, एक ज़माने में?"
"कहाँ पर?"
"यहीं भई—इसी गाँव में! वो रहमत मिडल स्कूल है न, वही..."
"वो तो किसी...रहमत अल्लाह के नाम से...!"
"बाबा नूर के बेटे का नाम है रहमत अल्लाह!"
"लेकिन वो तो...काफ़ी पुराना स्कूल है। मैं कई बार गुज़रा हूँ इस गाँव से, तो देखा कि...बड़ा शोर रहता है बच्चों का।"

एक लम्बी साँस ली नानबाई ने।

"हाँ-हाँ, वही! काफ़ी पुराना है। बड़ा भी है। पन्द्रह-बीस बड़े-बड़े कमरे हैं उस हवेली के। और कितनी बड़ी लाइब्रेरी

है! सब बाबा नूर की अपनी ज़ाती किताबें हैं। सब दे दीं मदरसे को।"

ज़रा-सा वक़्फ़ा लेकर बोला :
"मुझे याद है, मैं दस-बारह बरस का था उस वक़्त, जब वो हवेली मदरसे में तब्दील हो रही थी।"

## तीन

दस-बारह बरस का लड़का, बाँहों में बहुत सारी किताबें भर के सीढ़ियों से उतर रहा था। बाबा नूर जवान थे तब, वो केह रहे थे :
"एक-एक क़दम रखो! आहिस्ता-आहिस्ता सँभल के। इतनी सारी किताबें एक साथ लाने की क्या ज़रूरत थी?"

घर में काफ़ी रौनक़ थी लोगों की। मसरूफ़ थे सब। एक नौकर ने ऊपर से झाँक के पूछा :
"रहमत मियाँ...मैं ले लूँ किताबें...आऊँ?"

बाबा ने टोका :
"नहीं, नहीं—तुम अपना काम करो। उसका ध्यान मत हटाओ। वो गिर जाएगा।"

रहमत ने नीचे आकर बाबा से पूछा :
"अब्बा सब-की-सब किताबें दे देंगे?"
"दे क्या देंगे बेटा,...हमारी ही रहेंगी। पर मदरसे में रहने से और लोग भी इन्हें पढ़ सकेंगे!"
"और हम लोग कहाँ रहेंगे?"

“ऊपर! नीचे मदरसा बन जाएगा। और आप जब चौथी जमात (प्राइमरी) पास कर लेंगे, तो आगे पढ़ने के लिए, साथ के गाँव में नहीं जाना पड़ेगा। यहीं पढ़ेंगे। अपने स्कूल में। हम स्कूल का नाम भी आपके नाम से रखेंगे : ‘रहमत अल्लाह मिडिल स्कूल’!”

छोटा ही था अभी, लेकिन रहमत को अपने नाम का स्कूल सुनकर बड़ा फ़ख़्र महसूस हुआ...। वो हवेली की दूसरी तरफ़ निकल गया—और बाबा नूर सीढ़ियाँ चढ़ गए।

# चार

नानबाई की दुकान। नानबाई अभी तक गाहक को बता रहा था :

"इतना बड़ा काम किया बाबा ने, इस गाँव के बच्चों के लिए...और यही उल्लू के पट्ठे, अब टिच्करें करें बाबा के साथ तो ग़ुस्सा नहीं आएगा?"

वही लड़का फिर नानबाई के पीछे से भागकर निकला।

गाहक ने अपना बिल चुकाते हुए पूछा :

"वो तो है...कौन था ये लड़का?"

नानबाई ने वो काग़ज़ के टुकड़े उठाए और अँगेठी में डाल दिये।

गाहक ने फिर पूछा :

"किसका बेटा है?"

"बेटा तो मेरा ही है जी...पर..."

"तो स्कूल क्यों नहीं जाता?"

"उसके दादा ने बिगाड़ रखा है। सुबह उठते ही नेफ़े में गिल्ली अड़स के निकल जाता है खेलने।...हरामख़ोर...!"

गाहक के जाने के बाद भी नानबाई देर तक बुड़बुड़ाता रहा।

# पाँच

चलत-चलते बाबा नूर, शहर की बुलंद मस्जिद तक पहुँच गए थे। ऊँची सीढ़ियाँ थीं। नीचे ही जूते उतारे और ऊपर तक गए। मस्जिद के दरवाज़े और मेहराबों को चूमकर, बाहर ही से सज्दा किया और लौट लिए...। सामने फ़ुटपाथ पर एक हज्जाम किसी गाहक की शेव कर रहा था। उसके गालों पर साबुन की झाग फूल रही थी और बोले जा रहा था :

"मेरा साला चपरासी का काम करता था कराची में। जब मरा तो फ़ातेहा के लिए कराची जाना पड़ा। मेरी मानो दोस्त, तो एक बार कराची ज़रूर देख लो—चाहे गधागाड़ी में ही क्यों न जुतना पड़े। इतनी मोटर कारें हैं कि हमारी मसीत (मस्जिद) में इतने कबूतर भी न होंगे। और एक-एक मोटर पर ऐसी-ऐसी गोरी मेम बैठे दिखती हैं कि अल्लाह की क़ुदरत याद आ जाती है। जी चाहता है कि आदमी उसके सजदे में गिर पड़े और वहीं पड़ा रहे।"

गाहक ने पूछा :

"किसके...? मेम के या अल्लाह मियाँ के?"

"अल्लाह मियाँ के भई...बन्दों को परियों से क्या लेना! एक सेठ तो कह रहा था कि बस, एक और लाम लग जाए तो कराची विलायत बन जाएगा।"

"लेकिन लाम में तो बहुत लोग मरेंगे?"
"लाम न लगी, तब भी तो लोग मरेंगे। लाम में गोले से मरेंगे, वैसे भूख से मर जाएँगे। ठीक है न?"

बाबा नूर जूती पहन के चलने ही लगे थे कि हज्जाम ने देख लिया।
"सलाम बाबा नूर...सलाम वालेकुम!"
"वालेकुम अस्सलाम!"
"तबियत अब कैसी है बाबा?"

बाबा ने दोनों हाथ ऊपर उठाकर कहा :
"फ़ज़ल है परवरदिगार का...!"

"बाबा, आप क्यों रोज़-रोज़ परेशान होते हैं, डाकख़ाने तक जाने के लिए? आप आराम करें घर पर। मैं हो आया करूँगा। कम-से-कम जब तक तबियत ठीक नहीं हो जाती, तब तक तो..."

बाबा ने इनकार में सर हिलाया।
"नहीं, नहीं! मैं बिलकुल ठीक हूँ भई, बिलकुल ठीक हूँ। अब तो हरारत भी नहीं है, देखो!"

उन्होंने हाथ आगे बढ़ा दिया। नाई ने बड़े एहतराम से उनका हाथ अपने माथे छुआ।
"ठीक है बाबा—ठीक है—जैसी आपकी मरज़ी!"

बाबा फिर आगे बढ़ गए, डाकख़ाने की तरफ़...हज्जाम अपने गाहक के पास लौटा, तो गाहक बोला :
"बाबा नूर की मिज़ाजपुर्सी में, मेरी दाढ़ी और बढ़ गई एक रोज़ की।

माफ़ करना दोस्त। लेकिन बाबा नूर गुज़र रहे हों तो रहा नहीं जाता। क्या किया जाए! अल्लाह मियाँ पता नहीं, किस बात का इम्तेहान ले रहे हैं उनसे!"

और फिर साबुन गीला करने लगा।
"क्या हुआ है?"
"दो रोज़ अपने हुजरे में पड़े बुख़ार में भुनते रहे और किसी को ख़बर नहीं की...वो तो भला हो, मैं मज़ार पे फूल देने गया। सोचा—चलो, लगे हाथों बाबा नूर की भी ख़बर ले लूँ। वहीं पीछे हुजरे में रहते हैं। मैं कभी-कभार नाख़ून तराशने चला जाया करता हूँ। दिन-रात पड़े बा-आवाज़ बुलंद क़ुरान की तिलावत किया करते हैं। उस रोज़ आवाज़ नहीं आई तो, मैंने बढ़ के दस्तक दी कोठी पर।"

# छह

हज्जाम का नाम मक़सूद था। उसने बाबा के दरवाज़े पर दस्तक दी और दरवाज़ा खोल के अन्दर दाख़िल हो गया। देखा—बाबा नूर बुख़ार में भुन रहे हैं—और अध-ग़शी के हालत में बुड़बुड़ा रहे हैं :
"मुंशीजी...कोई चिट्ठी आई मेरी? मैं बस आने ही वाला था डाकख़ाने की तरफ़।"

मक़सूद ने आवाज़ दी :
"बाबा..."
"मुंशीजी..."
"मैं मक़सूद हूँ बाबा! आपको तो बहुत तेज़ बुख़ार है बाबा!"
"हाँ-हाँ...कल रात बहुत ठंड लगी थी। मलेरिया है शायद!"
"मगर कोई दवा ली कि नहीं आपने?...कुछ खाया भी?"

बाबा ने सर हिला के इनकार किया और कहा :
"नहीं! ये क़ुरान शरीफ़ उठाके, ज़रा पेशानी पे रख दो मेरे। अपने-आप बुख़ार उतर जाएगा।"
"आप थोड़ी देर लेटे रहिए। मैं हकीम साहब को बुला के लाता हूँ।"

“नहीं भई, नहीं, वो क़ुरान शरीफ़ उठाकर लाओ। मेरे माथे से छुआ दो, बस!”

मक़सूद ने वैसा ही किया। बाबा नूर ने क़ुरान शरीफ़ के छूते ही कुछ आयतें पढ़ीं—और फिर आँखें बन्द करके सो गए। मक़सूद ने एहतराम के साथ क़ुरान शरीफ़ वापिस रख दिया जहाँ रहमत की तसवीर भी रखी थी और चुपचाप दरवाज़ा भेड़ के वापिस चला गया।

# सात

मक़सूद हज्जाम अभी तक अपने गाहक को बाबा का क़िस्सा ही सुना रहा था :

"मैं दो घंटों के बाद हकीम साहब को लेकर, दोबारा बाबा नूर के हाँ पहुँचा...तो कोठरी पर कुंडी लगी हुई थी। कुंडी खोल के अन्दर गए तो बाबा नूर कहीं नहीं थे। हकीम साहब भी हैरान।"

# सात-A

मक़सूद हकीम साहब से केह रहा था :
"लेकिन अभी थोड़ी देर पहले तो मैं देखकर गया उन्हें। बुख़ार में भुन रहे थे। इसलिए तो दौड़ा आया आपके पास।"

हकीम साहब भी हैरान थे। तसवीर देखकर बोले :
"ये रहमत अल्लाह की तसवीर है न? बाबा का बेटा?"
"जी...लेकिन बाबा नूर कहाँ चले गए?"

कुछ परेशान-से दोनों कमरे से बाहर चले गए।

# आठ

मक़सूद गाहक को बता रहा था :

"इधर-उधर देखा, सोचा, कहीं किसी हाजत को उठे हों शायद। सामने ही मज़ार का मुजावर नज़र आया। उससे पूछा तो कहने लगा..."

# नौ

मुजावर ने बताया :

"अभी-अभी डाकख़ाने की तरफ़ गए हैं!"

"लेकिन उन्हें तो बहुत तेज़ बुख़ार था? इस हालत में कैसे चले गए?"

"नहीं तो—चंगे-भले थे! मुझसे हाथ मिलाकर गए। बुख़ार का तो नाम भी नहीं था!"

# दस

मक़सूद अभी तक गाहक की दाढ़ी पर साबुन ही मल रहा था और बात किये जा रहा था। गाहक ने दबी-सी आवाज़ में कहा :

"एक काम करो, आज के लिए साबुन ही पे इकत्फ़ा करो। दाढ़ी कल बनवा लूँगा।"

"एक तो तुम हमेशा जल्दी में रहते हो दोस्त!"

मक़सूद ने 'रेज़र' तो उठा लिया, लेकिन अपनी बात जारी रक्खी :

"बाबा नूर का ज़िक्र हो तो बात इतनी जल्दी कैसे ख़त्म हो?"

# ग्यारह

बाबा अब क़स्बे के बाहरी इलाक़े में पहुँच गए, जहाँ खेतियाँ थीं—और मज़ूर काम कर रहे थे। बाबा ने भी अँगोछे को तह करके सर पे रख लिया। एक लड़की ने पास के खेत से आवाज़ दी :

"बाबा नूर...कहाँ चले?...डाकख़ाने...? लस्सी पियोगे?"

बाबा उसके खेत की मुँडेर के पास आकर रुक गए।

"हाँ, पी लूँगा। पर ला, ज़रा जल्दी कर दे। तुझे तो मालूम है, ये डाकमुंशी कैसी जल्दी में रहता है।"

लड़की ने भागकर, पेड़ के नीचे रखी मटकी से एक गिलास लस्सी उँडेली, और ले आई बाबा के लिए। कुछ किसान पास बैठे हुक़्क़ा पी रहे थे। उन सबने भी देखा।

"बाबा, लो लस्सी पियो। नमकीन है पर आप तो नमकीन ही पीते हो!"

बाबा ने घूँट-घूँट सब्र से लस्सी पी। दूर ही से किसानों के सलाम का जवाब दिया। और लस्सी पीते-पीते ही लड़की को दुआएँ दीं :

"शुक्र अलहम्दुलिल्लाह! शुक्रिया बेटी। लम्बी खेती हो तेरी। कैसी सफ़ाई से घास निकाल रही थी ख़ोशों से। मजाल

कि दराँती छू जाए ख़ोशों को! बड़ी अच्छी किसान है तू!"
"लस्सी और लाऊँ बाबा?"
"तू जा—काम कर अपने खेतों में। गिलास मैं रख दूँगा वहीं।"

लस्सी पीकर, बाबा पेड़ तक गए। वहीं रखे एक कनस्तर से पानी लिया और गिलास धोकर मटकी के पास रख दिया। एक किसान ने पुकारा :
"सलाम बाबा—सलाम बाबा नूर!"
"सलाम भाई—सलाम, सलाम!"
"आओ, हुक़्क़ा पियो बाबा!"

बाबा ने वो भी मंज़ूर कर लिया।
"लाओ—एक कश लगा ही लूँ। फिर डाकख़ाने पहुँचना है। देर न हो जाए।"
"अभी तो डाकमुंशी को निकलने में बहुत देर है बाबा। और फिर जाएगा तो इधर ही से। शायद रास्ते में ही मिल जाए!"

बाबा ने हुक़्क़े का एक कश लिया और हिमाइती से कहा :
"हिमाइती, वो तेरी बेटी है न? वो जो काम कर रही है खेतों में?"
"हाँ, बाबा, मेरी ही बेटी है—कम्मो!"
"हाँ-हाँ...वही न...जिसे नाग ने काट लिया था? जब छोटी थी, शायद नौ बरस की थी?"

"बाबा...ओह, कमाल याद्दाश्त है आपकी तो...! ख़्वाहमख़्वाह लोग कहते हैं कि आप..."

फ़ज़लू ने कुहनी मारी हिमाइती को। हिमाइती सँभल गया। उसने फ़ौरन बात पलट दी :

"मतलब...लोग कहते हैं कि कभी-कभी...आप कुछ भूल जाते हैं!"

बाबा खड़े होते हुए बोले :
"नहीं भई—कुछ नहीं भूलता मैं। कुछ नहीं भूलता। अल्लाह रसूल के नाम का सदक़ा नहीं भूलता। लोगों के एहसान नहीं भूलता। इनसान के..."

और ऐसे ही बुड़बुड़ाते हुए, फिर पगडंडी से निकल गए। किसान आपस में बातें करने लगे :
"हद है भई—कमाल ही हो गया।"
"नाग ने कब काटा था कम्मो को?"
"अरे भई, नौ-दस बरस की थी। शाम को बैल बाँधकर हौदी पर, खेत से गुज़र रही थी कि साँप पर पाँव पड़ गया। ये बड़ा फन उस नाग का—काट लिया। हमारे तो हाथ-पाँव फूल गए। भागे गए हाजी नूर मोहम्मद के पास। तब 'हाजी नूर मोहम्मद' कहते थे बाबा को। उनका बेटा भी उन दिनों शहर से आया हुआ था।"
"शहर में क्या करता था?"
"पढ़ता था भई...ऊँची तालीम ले रहा था।"
"फिर क्या हुआ?"
"कुछ नहीं—मैं तो बस जाते ही पाँव पड़ गया बाबा के, हाजी साहब के।"

# बारह

बाबा ने हिमाइती को दोनों हाथों से उठाया।
"अरे भई, बोल तो सही—क्या हुआ है बेटी को?"

हिमाइती घबराहट में काँप रहा था। साँस फूली हुई थी। बोला :
"नाग ने...नाग ने काट लिया हाजी साहब! उसे ज़िला हस्पताल ले चलो, एक ही एक बेटी है मेरी। मर जाएगी...!"

हिमाइती ने बेटी को गोद में उठा रखा था। बाबा ने फ़ौरन बेटे को आवाज़ दी :
"रहमत!...रहमत...आ...!"

रहमत दौड़ा-दौड़ा सीढ़ियों से नीचे आया।

"मोटर निकालो बेटा, जल्दी से। हिमाइती की बेटी को साँप ने डँस लिया है। इसे फ़ौरन शहर लेकर जाना होगा।"

रहमत जाते-जाते पलटा :
"मैं अपना सामान भी ले लूँ अब्बा?...वहीं से होस्टल चला जाऊँगा!"

बाबा ने डाँटा रहमत को :

“वक़्त ज़ाया मत करो रहमत! तुम्हारा होस्टल जाने की जल्दी नहीं है। इस बच्ची के हस्पताल जाने की जल्दी है!”

# बारह-A

हिमाइती अपने साथी किसानों को बता रहा था :
"रहमत अल्लाह ने मोटर निकाली। नूर मोहम्मद पहले-पहले रईस थे जिनके पास मोटरकार थी गाँव में...आन की आन फ़र्राटे भरती गाड़ी शहर की सड़क पर रवाँ-दवाँ हो गई—और कम्मो सारा रास्ता बाबा की गोद में लिपटी रही। बाबा नूर की इनायत ही से कम्मो बच गई। देख लो, आज कैसी अच्छी खेतीबाज़ी करती है... ! अल्लाह उम्र दे बाबा नूर को, लेकिन बाबा ग़म भी बहुत उठाए।"
"हूँ...!"

# तेरह

बाबा नूर अब अकेले नज़र आ रहे थे—गाँव के रास्ते पर चलते हुए। बार-बार अँगोछा एक कंधे से दूसरे कंधे पर पलट रहे थे। वो डाकख़ाने के क़रीब पहुँच गए थे।

डाकख़ाने वाले बड़े मुंशी एक-एक करके आसपास के गाँव की डाक की अलग-अलग थैलियाँ बना चुके थे। एक लड़का जो साइकिल में हवा भर रहा था, चिल्ला के बोला :
"साइकिल तैयार है मुंशीजी!"
"अच्छा-अच्छा...हवा भर दी?"

मुंशीजी पास बैठे दो लोगों के साथ बरामदे में ग़प्प-शप्प कर रहे थे।
"लोगों को भी कोई काम नहीं। ख़ाली बैठे चिट्ठियाँ लिखा करते हैं।"
"चिट्ठियाँ न लिखें तो आपका काम कैसे चलेगा मुंशीजी?"
"पन्द्रह साल हो गए भई, इस डाकख़ाने में! औलादों की चिट्ठियाँ बढ़ती ही जा रही हैं। पहले कभी-कभार तार आया करते थे—और कुछ लिफ़ाफ़े आ जाते थे। एक-दो पार्सल, मनीऑर्डर हुआ करते थे आसपास के गाँव के। लेकिन जब से जंग लगी और भाव चढ़ने शुरू हुए तो

ये नंग-धड़ंग पोस्टकार्डों की भरमार शुरू हो गई। इतनी चिट्ठियों का आना-जाना शुरू हुआ कि..."

बात करते-करते अचानक मुंशी रुक गए। उनकी नज़र एक तरफ़ टिक गई। और मुँह खुला रह गया।
दूर से बाबा नूर आते हुए नज़र आए। मुंशीजी ने एक लम्बी आह भरी :
"लो...आ गए बाबा नूर...भई, दस साल हो गए इस आदमी को, इसी बाक़ायदगी से आते हैं। रोज़ सुबह आते हैं और पूछते हैं—'मुंशीजी, मेरे बेटे का कोई ख़त आया?'—और रोज़ मैं एक ही जवाब देता हूँ—'नहीं बाबा, आया तो मैं ख़ुद ही पहुँचा दूँगा।' बस, वो लौट जाते हैं। अब तो बर्दाश्त भी नहीं होता। क़सम ख़ुदा पाक की...!"

"तो बता क्यों नहीं देते उन्हें?"
"बता चुका हूँ भई। वो ख़त भी, तार, बल्कि मैंने ख़ुद पढ़ के सुनाया था। दस साल पहले की वो रात भी याद है मुझे। नीचे का मदरसा बन्द हो चुका था और मैं रात के वक़्त वो सरकारी तार लेकर उनके दरवाज़े पर पहुँचा था। मैंने ख़ुद कहा था, बड़े डाकमुंशीजी से कि अगली सुबह तक ठहर जाएँ...लेकिन उन्होंने ज़बरदस्ती भेज दिया। मुझे जाना पड़ा।"

# तेरह-A

दस साल पहले की बात है। बाबा नूर ने दरवाज़ा खोला... और छोटे मुंशी को देखकर हैरान हुए।

"अस्सलाम वालेकुम! इस वक़्त कैसे आना हुआ मुंशीजी?"

मुंशीजी ने वक़्फ़ा लिया। मुँह का थूक निगला और भर्राई-सी आवाज़ में कहा :

"एक...एक बुरी ख़बर है हाजी साहब!...और ज़रूरी था कि...आपको इसी वक़्त ख़बर कर दी जाए...बड़े डाक-मुंशीजी नें कहा कि...देर न हो...और आपको..."

बाबा की नज़र मुंशी के चेहरे पर गड़ गई। मुंशी वो नज़र बर्दाश्त न कर पाया। कुछ देर रुका और फिर एकदम ज़ोर से बोला :

"तार आया है कि...बर्मा के फ्रंट पर...आपका बेटा, एक बम का गोला फटने से...हलाक हो गया।"

बाबा अभी तक मुंशी को घूर रहे थे।

"फ़ौत हो गया!"

बाबा के चेहरे पर कोई रंग नहीं बदला। उसी तरह घूरते रहे उसे...मुंशी की आवाज़ रुँध गई।

"आपका बेटा...मर गया हाजी साहब...और मुझे लगता नहीं कि...उसकी लाश भी हासिल हो सकेगी।"

बाबा की टकटकी मुंशी के चेहरे से हटी नहीं। मुंशी घबरा गया। उसने तार बाबा के हाथ में थमा दी। तार देखी भी नहीं। उसी तरह मुंशी को घूरते रहे। मुंशी जाने के लिए मुड़ा।
"मैं...मैं चलता हूँ हाजी साहब!"

मुंशी मुड़ के चलने लगे तो बाबा चुपचाप चलते हुए उनके पीछे आ गए। बाहर निकलकर मुंशी ने कहा :
"आप ठहरिए, रुकिए...!"

लेकिन बाबा को जैसे कुछ सुनाई नहीं दिया। वो वैसे ही मुंशीजी के पीछे चलते रहे। मुंशी घबरा के दौड़ लिया। गली पार कर गया। लेकिन मुड़ के देखा तो बाबा वैसे ही चले आ रहे थे। बाहर हवा तेज़ चल रही थी। मुंशी भाग-कर वहाँ से रात के अँधेरे में ग़ायब हो गया।

# चौदह

बाबा डाकख़ाने के बरामदे तक पहुँच गए और पूछा :
"आदाब मुंशीजी!"

सबने मुड़ के देखा उन्हें।
"कोई चिट्ठी आई मेरे बेटे की?"

आज फिर मुंशीजी की आवाज़ गले में फँस गई :
"नहीं बाबा...नहीं!...कोई नहीं!"

बस! बाबा मुड़े और चल दिये उसी रास्ते पर, जिस रास्ते से आए थे। मुंशी कह रहा था :
"हर रोज़ यही होता है। हर रोज़ मंज़र मेरी आँखों से गुज़रता है। अगर बाबा नूर इसी तरह आते रहे, तो लगता है, एक दिन मैं पागल हो जाऊँगा!"

# पन्द्रह

उसी सुनसान दोपहर में, गर्द उड़ती सड़क पर बाबा नूर गाँव की तरफ़ जाते हुए दिखाई दे रहे थे!

**[फ़ेड आउट]**

# मुख़बिर

# एक

रेलवे स्टेशन के पुल से सामान सर पे लेकर जाते हुए 'ख़ादू' की गर्दन काँपने लगी। वो पेशे से क़ुली नहीं था, इसलिए दो-दो भारी सूटकेस उठाना मुश्किल हो गया। पैसेंजर, जिसका सामान था, आगे-आगे चल रहा था। जब सीढ़ियों तक पहुँचे तो उसने मुड़ के देखा।

"सँभल के! गिराना नहीं। क़ीमती सामान है सूटकेसों में!"

ख़ादू ने बुड़बुड़ाया :
"हमारी गर्दन से भी ज़्यादा क़ीमती है क्या?"

पैसेंजर फ्रंटियर मेल से आया था। फ़र्स्ट क्लास से उतरा था। उतरते ही ख़ादू क़ुली का बिल्ला लगाए सामने आ गया था। सीढ़ियाँ तक़रीबन उतर ही गए थे। ख़ादू लड़खड़ाया और दोनों सूटकेस ज़मीन पर आ रहे थे। पैसेंजर चिल्लाया :
"अबे तेरी तो...साले, ये क्या किया? हरामज़ादे!"
"साईं, तुम तो पढ़े-लिखे लग रहे थे। ये बड़ी बाज़ारी ज़बान है।"
"चुप बे! एक तो सामान पटक दिया, ऊपर से ज़बान चलाता है?"

ज़बान खुलते ही पैसेंजर की ज़ात-औक़ात सामने आ गई। उसने गिरे सूटकेस के पेन्दे को दबा के देखा। ख़ादू केह रहा था :

"वो क्या हुआ...पाँव...ग़लत पड़ गया साईं! माफ़ करना। कुछ टूट तो नहीं गया सूटकेसों में?"

"सूटकेस टूट जाता तो तेरी चमड़ी उधेड़ देता मैं। चल, उठ...!"

पुलिस इंस्पेक्टर लाला तेजभान भी सामने खड़े नज़र आए। साथ में दो कांस्टेबल भी थे। पैसेंजर चौंककर उनसे मुख़ातिब हुआ।

"क्या है? आप क्या देख रहे हैं? इस क़ुली साले ने सामान गिरा दिया। ऊपर से..."

इंस्पेक्टर ने बात काट दी :

"आप मेरे साथ चलिए। सामान मेरे कांस्टेबल ले आएँगे।"

"कहाँ? कहाँ चलूँ आपके साथ?...क्यों चलूँ?"

"आप पुलिस स्टेशन चलेंगे मेरे साथ। आपके सामान की तलाशी ली जाएगी।"

दोनों कांस्टेबल ने बढ़के सूटकेस थाम लिये। पैसेंजर घबरा गया।

"लेकिन सुनिए..."

"देखिए, आपके सामान की तलाशी लेकर, आपको छोड़ दिया जाएगा। सीधी तरह नहीं चलेंगे—तो मैं हथकड़ियाँ डालके ले जाऊँगा।"

लेकिन कांस्टेबल ने कोई ध्यान न दिया। इंस्पेक्टर ने क़ुली को आवाज़ दी और कुछ रेज़गारी उसकी तरफ़ बढ़ा दी।

"ओए...क़ुली...ये ले, रख मजूरी अपनी!"

ख़ादू दबी मुस्कुराहट के साथ जुदा हो गया।
"अल्लाह निगेहबान..."

इंस्पेक्टर चला, तो पैसेंजर उनके पीछे लपका।
"लेकिन, दरोग़ा साहब, तलाशी किस बात की लेनी है?"

## दो

लाला तेजभान ये सारा क़िस्सा एक नये इंस्पेक्टर को सुना रहे थे। ख़ादू, उनके दफ़्तर में, सर झुकाए दूर खड़ा था। तलाशी ली तो सूटकेस की पेंदी में छुपी बीस सेर अफ़ीम निकली।

नये इंस्पेक्टर राम प्रताप की आँखें फट गईं। ख़ादू की तरफ़ देखा और लालाजी से कहा :
"बीस सेर! क्या कह रहे हैं आप!"

"बीस सेर अफ़ीम का मतलब होता है सोलह सौ तोले अफ़ीम। हमने तो एक-एक छटाँक अफ़ीम के केस पकड़ के डायरी भरी है। और एकदम सोलह सौ तोले अफ़ीम का केस!...अख़बारों में ख़बरें छपीं, ज़िला में धूम मच गई। आबकारी (Excise DepartMent) की नौकरी का मज़ा आ गया।"

ख़ादू हँसी दबाए मुस्कुरा रहा था। लालाजी टहलते हुए ख़ादू तक आए...और उसकी पीठ थपथपाई।
"वो मुख़बिरी इसी ख़ादू की थी। यही है वो क़ुली!"

ख़ादू फिर मुस्कुराया। उसका सामने का दाँत टूटा हुआ था। और एक कान में सोने का मुन्द्रा था। लालाजी फिर बोले :

"ज़िला के कमिश्नर मि. वेलिंग्टन ने डायरी में, 'वैलडन' का रिमार्क दिया, और पाँच सौ रुपये इनाम की सिफ़ारिश की। ख़ादू ने भी उस मुख़बिरी में हज़ार रुपया तो कमाया होगा?"

ख़ादू ने हाथ जोड़कर कहा :
"ग्यारह सौ छिक्कर पाए हुज़ूर! बच्चे दुआएँ देते हैं। अल्लाह निगेहबान हो!"

राम प्रताप ने पूछा :
"कब का क़िस्सा है ये?"
"क़िस्सा नहीं, केस है। ढाई साल हुए। भंग, गाँजा, चरस, अफ़ीम...ख़ादू, बस जादू है इसमें। कोई ग़लत मुख़बिरी नहीं की। जो ख़बर लाया, पक्की लाया।"

ख़ादू ने हाथ उठाकर सलाम किया। लाालाजी कहते रहे :
"इसे अपने साथ रख लो। ऊपर वाले ने चाहा तो तुम्हारी डायरी भरती रहेगी। तीन महीने हो गए, ख़ाली बैठे।"
"और आपकी डायरी कौन भरता है?"
"मेरे लिए वो 'दिलासा सिंह' काफ़ी है...शराब की भट्ठियों का माहिर है!"

और फिर ख़ादू को समझाया :
"ख़ादू, ये आबकारी के महकमे में नये इंस्पेक्टर आए हैं। ये ख़याल रखेंगे तेरा।"
"जो आपका हुकुम साईं!"
"उस अल्लाह बख़्श चंडू वाले का क्या बना?"
"अल्लाह निगेहबान हो! वो तो साईं, अभी मैं यारी लगा रहा हूँ। चार बार साल-साल की क़ैद भुगती है न, तो अब बड़ा काँइयाँ हो गया है। न जाने, चंडू की शीशी कहाँ रखता है! हरामज़ादा हवा ही नहीं लगने देता। एक बार उसे मेरे

हाथ में शीशी देने का एतबार आ जाए, फिर देखिए, कैसे शिकरे की तरह झपटता हूँ। कल कह रहा था, तू मुझे बड़ा घुन्ना लगता है। मैंने कहा, चंडू पीता हूँ तो क्या घुन्ना भी न लगूँ? हँस दिया। पर बुड्ढे का ईमान मुझ पर जम नहीं रहा। मैं भी सोचता हूँ, आख़िर कब तक? एक बार उड़ँगे पर आने दो। ऐसी पटख़नी दूँगा, बेटा याद रखेगा!"

ख़ादू अपनी तारीफ़ में खिल गया...इंस्पेक्टर और वह, दोनों हँस पड़े।
"तो मैं चलूँ हुज़ूर?"
"हाँ, चल—और ख़याल रखना हमारे राम प्रताप साहब का!"

लालाजी ने कोई इशारा किया राम प्रताप को, और वो उठे कुर्सी से, ख़ादू से कहा :
"सुन ख़ादू, ये रख ले!"

और एक-एक रुपये के दो सिक्के उसकी हथेली पर रख दिये। ख़ादू ने कहा :
"अल्लाह निगेहबान...!"

ख़ादू ने सलाम किया और चल दिया। दिलासा सिंह दरवाज़े पर ही खड़ा था। ख़ादू ने हाथ हिलाया।
"हट न...पासे हो!"

दिलासे ने जाने दिया...उस पर लाला तेजभान की आवाज़ आई :

"दिलासा! आ जा, आ जा! ये है दिलासा, राम प्रताप! है ये भी एक नम्बर ही पर, ख़ादू तो बस काला जादू है!"

दिलासे को ख़ादू की तारीफ़ अच्छी नहीं लगी।

"वो चंडूख़ाने का पीर है साहबजी! पर हम वो गंदे नशे नहीं करते। शराब शाहों बादशाहों का नशा है, भावें दिलासा सिंह ही क्यों न पिए...!"
"क्यों?...कोई ख़बर लाया है दिलासा?"

फुसफुसा के दिलासा बोला :
"काहन सिंह की भट्ठियाँ लग रही हैं आज।"
"कहाँ?"
"वहीं...आमों के बग़ीचे में।"
"पक्की ख़बर है?"
"बिलकुल पक्की हुज़ूर!"
"अच्छा!"

लालाजी ने एक मिनिट सोचकर पूछा :
"छापा किस वक़्त मारना है?"
"शाम को जब पहली धार निकलेगी। आप दस-पन्द्रह सिपाहियों को लेके पहुँच जाओ। घेर लो वहीं के वहीं। हाथों-हाथ माल फिड़ो—सील करो—और पंचनामा लिखा लो।"

## तीन

कुछ जली-बुझी ईंटें पड़ी थीं, और सुलगती हुई राख बिखरी पड़ी थी। जब लाला तेजभान आमों के बग़ीचे में पहुँचे, बड़ी मायूसी से उन्होंने सिपाहियों की तरफ़ देखा। उस वक़्त एक तरफ़ काहन सिंह आता हुआ दिखाई दिया...आवाज़ देता हुआ आ रहा था :

"क्या हुआ दरोग़ा साहब? कैसे आना हुआ आमों के बग़ीचे में? मंजी-मोढ़ा मँगवाऊँ?...लस्सी-पानी कुछ पिओगे? हालाँकि वेला तो लस्सी का नहीं है।"
"ये राख क्यों पड़ी है यहाँ काहन सिंह?"

काहन मुस्कुराया :
"भट्ठियाँ उठ जाएँ तो राख ही बचा करती है दरोग़ाजी, और क्या बचेगा?"

तेजभान को ये ताना अच्छा नहीं लगा।
"तो भट्ठियाँ किसकी थीं?"
"जिसकी हों, वो जाने! हमें तो राख पड़ी नज़र आ रही है। जैसे आपको दिख रही है।"
"अच्छा, ये बता, तेरी मुख़बिरी कौन करता है...थाने में?... किसे भरती करवा रखा है वहाँ?"

"हमारा कौन होगा जी! हमें क्या करना है?"

लालाजी ने बात का पहलू बदला।
"क्योंकि राख अभी ठंडी भी नहीं हुई, और भट्ठियाँ निकल गईं। कोई ऐसा तो नहीं, दोनों तरफ़ से अपनी रोटी चुपेड़ रहा हो?"

मुड़ के सिपाहियों की तरफ़ देखा, बोले :
"चलो...किसी और दिन सही!"

मुड़े और चल दिये अपनी पलटन लेकर। काहन सिंह ने वहीं खड़े-खड़े अपनी मूँछों को बल दिया।

# चार

कुछ महीनों बाद की बात है। लाला तेजभान ने रजिस्टर देखा तो राम प्रताप को बुलाकर पूछा :

"ये क्या है?...छह महीने हो गए, और अभी तक ठेकों के मुआयने कर रहे हैं आप?...अभी तक कोई केस नहीं पकड़ा?"

"कोई केस मिला ही नहीं, तो क्या करूँ?"

"केस नहीं मिले तो पैदा करना पड़ता है। यहाँ यूँ ही चलता है। बड़े अफ़सर ये नहीं देखते कि केस क्यों नहीं मिला।... ख़ादू से कहो, कोई भंग-वंग ही का केस पकड़वा दे।"

"ख़ादू तो उसके बाद आया ही नहीं कभी।"

"चपरासी को शहर में भेजिए, कहीं से ढूँढ़ के लाए उसे। किसी तकिए में पड़ा होगा। मरेगा नहीं। चरसी लोग आसानी से नहीं मरते।"

राम प्रताप रजिस्टर लेकर वापिस चल दिये। बाहर बरामदे में चपरासी को देखा तो आवाज़ दी :

"सुनो, मंगत राम! ख़ादू को पहचानता है?"

"जी साहब! वो चरसी न?...वही जो मुख़बिरी करता है?"

"हाँ, वही। उसे कहीं से ढूँढ़ के लाओ मेरे पास।"

और अपने कमरे में चले गए।

# पाँच

उसी शाम ख़ादू राम प्रताप के क्वार्टर पे पहुँच गया। बरामदे में बैठा इंतज़ार करता रहा। राम प्रताप दफ़्तर से साइकिल पर वापस आए तो उठकर सलाम किया। चपरासी ने साइकिल पकड़ ली।
"सलाम साईं!"

उसे देखकर राम प्रताप काफ़ी हैरान हुए। हालचाल बहुत ख़राब लग रहे थे—कहा :
"बैठ जा!"

वहीं बरामदे में बैठ गया वो एक सीढ़ी पर। राम प्रताप ने पास ही मोढ़ा खींच लिया।
"ये एक कान में छल्ला क्यों पहनता है तू?"
"उस्ताद की निशानी है। उस्ताद ने कहा था—'तू पहला आदमी है जो भंग का घड़ा पीकर, एक मुँगरा और माँग रहा है!'"
"भंग बहुत पीता है तू?"
"अब कहाँ साईं! जवानी की बात है, जवानी के साथ ही चली गई। अब तो बस ये मुँह लगी रह गई है—चरस!"

उसने कान में लगा अधजला सिगरेट दिखाया।

"मुँह के मसूढ़े खा गई। पर मसूढ़ों का क्या है साईं! यही होगा न, दाँत गिर जाएँगे! गिर जाएँ—चरस तो पोपले मुँह से भी पी जा सकती है।...ज़रा माचिस दोगे?"

राम प्रताप ने खिड़की पर रखी माचिस उठाकर फेंक दी, और पूछा :
"तू आया नहीं उसके बाद। केस लाने का वादा कर गया था!"
"मैं तो एक मुसीबत में फँस गया हूँ साईं। जिस तकिए पर जाऊँ, धक्के दे के निकाल दिया जाता हूँ। समझ में नहीं आता, मुझ बेचारे से क्या गुनाह हो गया है!"
"और उस चंडू वाले का क्या हुआ—अल्लाह बख़्श का?"

ख़ादू ने दो लम्बे कश लेकर, सिगरेट फिर बुझा दी और कान में उड़स ली।
"अल्लाह बख़्श के पास गया था परसों। बोला—'तकिए में आया तो क़ब्र में ज़िन्दा गड़वा दूँगा। मुख़बिर कहीं का! सूरत तो देखो चंडू पीने वाले की! चंडू तो बादशाहों का नशा है। कहता था न, तू मुझे घुन्ना लगता है। तेरी आँखों में हिरस है।' तुम बताओ साईं...हिरस है? मेरी आँखों में तो कुछ भी नहीं है।"

राम प्रताप ने बात घुमाने की कोशिश की :
"कोई भंग-वंग का केस ही ले आ—फ़िलहाल!"
"भंग का मुक़दमा मैंने कभी नहीं पकड़वाया साईं। इसलिए कि बेचारे बूटी बेचने वाले, पैसे-दो पैसे ही का तो सौदा करते हैं!"

और कान छू के बोला :
"और फिर मेरा उस्ताद क्या सोचेगा?"
"कहाँ रहता है उस्ताद तेरा?"

“क़ब्र में दफ़न है साईं! पर फिर भी सोचेगा तो सही। सोच थोड़े ही मरी होगी उसकी!”

राम प्रताप खड़े हो गए और एक अठन्नी उसकी तरफ़ फेंकते हुए बोले :
“ले, ये रख ले। कोई केस-वेस हुआ तो आना।”

ख़ादू की आँखें भर आईं।
“सच कहता हूँ साईं, मेरा कोई दुश्मन पैदा हो गया है। मेरी रोज़ी पे कोई लात मार रहा है। अल्लाह निगेहबान! पता चले तो...”

वो उठा, और डगमगाता हुआ गेट के बाहर चला गया। राम प्रताप खड़े देखते रहे उसे।

# छह

अगले दिन फिर राम प्रताप की लालाजी से भेंट हो गई।

"क्यों?...कुछ पता चला ख़ादू का?"

"आया था। कल रात घर पे आया था।"

"ख़ादू आया था, तो फिर केस भी आएगा!"

"लेकिन उसका तो बहुत बुरा हाल है। कहता है, तकियों पे कोई घुसने नहीं देता उसे। सब जगह उसके मुख़बिर होने की ख़बर हो गई है!"

लालाजी सोच में पड़ गए।

"बात समझ में नहीं आ रही!"

कुछ देर छड़ी अपनी टाँग पर खटखटाते रहे—फिर बोले :

"ख़ैर, मैं दिलासे को भेजता हूँ तुम्हारे पास। अपनी डायरी तो भरो...!"

# सात

दिलासा राम प्रताप के सामने हाज़िर हुआ।
"सलाम साहब जी! लालाजी ने भेजा है। कल एक भट्ठी पर रेड हो रहा है। लालाजी ने कहा, जाते-जाते आपकी डायरी भरवा दूँ!"

राम प्रताप ने हामी भरी और दराज़ से डायरी निकाली। दिलासे ने एक और ख़बर दी :
"एक चंडू का केस भी है—अगर चलना चाहें...!"

राम प्रताप ने सर उठा कर देखा।
"कब?"
"अभी...! इस वक़्त ईंटों पर सर रक्खे सब ग़ुट पड़े हैं। रास्ते में चार सिपाही ले लीजिए थाने से। मैं चंडू ख़रीदकर इशारा कर दूँगा। फिर आप जानें और आपका काम!"

राम प्रताप एकदम खड़ा हो गया।
"चल..."

राम प्रताप ने अपनी हैट उठाई और चल पड़ा, दिलासा पीछे-पीछे चल दिया—बोलता हुआ :

"ख़ादू तो, सुना है, बिलकुल नंगा हो गया। तकियों वाले घुसने नहीं देते उसे। उसके पहुँचने से पहले, उसकी मुख़बिरी की ख़बर पहुँच जाती है..."

राम प्रताप ने कोई जवाब नहीं दिया, और निकल गए।

# आठ

ख़ादू एक बार फिर राम प्रताप के घर पहुँचा। एक टाँग पर पट्टी बँधी थी। कान का मुन्द्रा भी ग़ायब था। सामने का एक और दाँत गिर चुका था।

राम प्रताप आए और मोढ़े पर बैठ गए।

"कहो, कैसे आए? कोई केस लाए हो?"

ख़ादू की साँस भी मुश्किल से आ रही थी।

"क्या हुआ? बीमार हो?"

"दमा हो गया साईं। साँस पेट में समा नहीं रही। हवा का इतना बड़ा गोला यहाँ छाती में घुस गया है। अल्लाह निगेहबान!"

"और तुम्हारा कान का छल्ला क्या हुआ?"

"नशा टूट रहा था। मैंने छल्ला बेच के सिगरेट भर चरस ले ली। आधी पी गया, आधी ये, कान पे रखी है।"

"और सामने के दाँत क्या हुए?"

एक दर्द भरी मुस्कुराहट के साथ कहा :

"गिर गए—मरे हुए घोड़ों को भी कोई अस्तबल में बाँध के रखता है कभी?"

राम प्रताप तिलमिला गए।

"तो अब यहाँ क्या लेने आया है?"

"चप्पा भर रोटी साईं! चप्पा भर रोटी मिल जाए तो दिलासे का पेट चाक करने के लिए कुछ रोज़ और ज़िन्दा रह जाऊँ!"
"दिलासे ने क्या किया है? उस ग़रीब का पेट क्यों चाक करना है तुझे?"
"जानता हूँ साईं—जानता हूँ! दिलासे ने आपको इकट्ठे आठ मुक़दमे दिये हैं। ये सब मेरे मुक़दमे थे। पर हरामज़ादा मुझे लूट गया। उसी ने मेरी मुख़बिरी का ढिंढोरा पीटा है। सब जगह उसी..."

फिर एक दौरा पड़ा उसे खाँसी का। जब सँभला तो बोला :
"आपके लिए साईं, मैं भंग के अखाड़े में भी गया। दो दिन पहले की बात है...वो पांडे हैं न, दो भाई? उनके हाँ कुंडी में घुँघरू भरा मुस्सल छम-छम चल रहा था।"

# नौ

दो-तीन कुँडियों में भाँग पीसी जा रही थी। दो मटकियाँ तैयार थीं। ख़ादू खाँसता हुआ दाख़िल हुआ तो दोनों पांडे भाइयों ने एक-दूसरे की तरफ़ देखा और मुस्कुराए। एक बोला :
"कोई नहीं, कोई नहीं...अपना ख़ादू है!"

ख़ादू दाख़िल हुआ।
"राम-राम पांडेजी!"
"आओ भई ख़ादू, कैसे हो?"
"आज उस्ताद की याद आई, तो आप भी बहुत याद आए, पांडेजी!"
"अब तो भई, बड़े-बड़े नशों की दुनिया में रहते हो, हमारी याद कहाँ आती है?"
"पांडेजी, भाँग तो सब जगह घुटती है। पर आप जैसी सारे मुल्तान में नहीं घुटती। एक मुँगरा पिला दो बस। एक इकन्नी बची है जेब में।"
"टिकों की क्यों फ़िक्र करते हो ख़ादू...तुम तो हमारे ख़ास मेहमान हो। तुम्हारी ख़ातिर भी उसी तरह की जाएगी...उठ सीताराम, ज़रा तकिए-मंजी का इंतज़ाम कर ख़ादू भाई के लिए..."

सीताराम उठा और दूर बँधे 'बुलडॉग' खोल दिये। और ख़ादू की तरफ़ इशारा करके दौड़ा दिया।
"टॉमी, हुश-हुश, टॉमी..."

ख़ादू घबराया—और चिल्लाया :
"ऐ, ऐ, पांडे, क्या कर रहा है?...पांडे..."

और कुत्तों से बचने के लिए खड़ा हुआ। लेकिन कुत्तों ने पकड़ के रौंद दिया। पांडे की आवाज़ आ रही थी :
"साले मुख़बिर..."
"पांडे...ओ पांडे, बचा ले...!"

# दस

ख़ादू ने टाँग के ज़ख़्म दिखाए राम प्रताप को।

"ये देखो साईं—पूरी पिंडली नोचकर ले गए। हड्डी दिखने लगी थी। दिखाऊँ...खोल के?"

राम प्रताप खड़े हो गए।

"नहीं-नहीं...ज़रूरत नहीं...और सुन, मैंने यहाँ लंगर नहीं खोल रखा है चरसियों के लिए। तुम मुख़बिर हो—मुख़बिरी करना चाहो तो करो। इस शहर में नंगे हो गए हो तो किसी दूसरे शहर निकल जाओ। मुल्क में तकियों की कमी नहीं है।"

ख़ादू कुछ देर देखता रहा उन्हें, और फिर चलने के लिए खड़ा हो गया।

"इजाज़त है?"

"तो और किस तरह इजाज़त दी जाती है?"

"अल्लाह निगेहबान!"

सलाम के लिए उठा हाथ उसी तरह लिये-लिये चला गया।

# ग्यारह

चंद रोज़ बाद—एक सुबह राम प्रताप दफ़्तर में पहुँचे तो देखा, बाहर पेड़ तले ख़ादू बैठा था। कुछ सोचकर वो उसके पास चले गए।

"ख़ादू..."

ख़ादू ने हाथ उठाकर सलाम किया।

"यहाँ कैसे आना हुआ?"

ख़ादू खड़ा हो गया।

"मुख़बिर किसलिए आएगा साईं...? मुख़बिरी के लिए!"

"कोई केस लाया है?"

"लाया तो हूँ पर—एक पोली दिला दो। नशा टूट रहा है।"

राम प्रताप ने एक चवनी फेंक दी उसकी तरफ़, जो उसने लपक ली।

"केस क्या है?"

"है तो छोटा-सा भंग का केस!"

"केस पक्का है?"

ख़ादू को तकलीफ़ हुई सुनकर।

"झूठा कभी कोई केस लाया हूँ साईं...? ख़ादू की साख चली गई अड्डों पर, मगर मुख़बिरी की साख में कोई तरवट नहीं आने दी। हमने तो मुख़बिरों के साथ भी ऐसा नहीं किया था, जो मेरे दुश्मनों ने किया है।"

"ख़ैर, केस क्या है?"

"कम्पनी बाग़ के पीछे बस्ती है एक। दूर से घर बता दूँगा आपको। मुझे पहचानते हैं, इसलिए मैं अन्दर नहीं जा सकूँगा।"

"कितने बजे जाना है?"

"तीन-चार बजे से घुटने लगती है—आप जब बोलो!"

"तीन बजे दफ़्तर में आ जा तू, बताता हूँ। इस वक़्त तो एक दौरे पर जा रहा हूँ।"

उनके मुड़ते-मुड़ते ख़ादू ने पूछा :

"लालाजी की, सुना है, तब्दीली हो गई?"

"हाँ, लाहोर चले गए। तरक़्क़ी होगी उनकी। वेलिंग्टन साहब ने बुलवा लिया।"

राम प्रताप गए तो ख़ादू भी चल दिया।

# बारह

सब कुछ नया-नया लग रहा था कमरे में। मटके भी, उनके ढक्कन भी, चटाइयाँ और चादरें भी। लगता था, नया-नया ही कोई भाँग का अड्डा खुला है। एक नौजवान कुँडी में भाँग पीस रहा था।

एक डरा-डरा आदमी दाख़िल हुआ। प्यासा लग रहा था। बड़ी दबी हुई आवाज़ में पूछा :

"पोस्त की है...बिन पोस्त की?"

नौजवान दुकानदार ने जवाब दिया :

"दोनों हैं साहिबो...इतमीनान से बैठो।"

चटाई पर बैठते हुए गाहक ने कहा :

"पोस्त वाली!...ये चार पंजे!"

प्याला भर ही रहा था कि वो आदमी बौखलाकर बोला :

"ओफ़्फ़ो...मैं तो खेड़ियाँ ले के अन्दर आ गया! बाहर रख दूँ?"

"कोई बात नहीं, कोई बात नहीं।"

लेकिन वो अपनी खेड़ियाँ बाहर रखने चल दिया—और साथ ही राम प्रताप कुछ सिपाहियों के साथ अन्दर दाख़िल हुए।

अड्डे पर दोनों आदमी सटपटा गए। राम प्रताप ने हुकुम दिया :

"सील कर दो सब और...पंचनामा लिखवा के थाने ले जाओ। मैं वहीं आता हूँ।"

सिपाहियों ने अपनी कार्रवाई शुरू कर दी।

# तेरह

राम प्रताप बाहर निकल गए, और चलते हुए अपने टाँगे तक पहुँचे। जैसे ही टाँगा चला, ख़ादू पेड़ की आड़ से निकल के साथ-साथ चलने लगा।

"केस पक्का था न साईं...?"

"हाँ-हाँ...बिलकुल नया ही लगता है!"

"बिलकुल ही नया है और न-तजर्बाकार है। मैंने ही शुरू कराया था साईं। थोड़ा रहम करना उसपर, ज़्यादा सख़्ती न करना साहबजी...मेरा छोटा भाई है...!"

राम प्रताप की आँखें हैरत से गूँज उठीं। टाँगे की रफ़्तार तेज़ होने लगी। ख़ादू कुछ क़दम दौड़कर रुक गया और देर तक हाथ जोड़े वहीं खड़ा रहा।

**[फ़ेड आउट]**

## आलाँ

# एक

आरिफ़, एक शॉल ओढ़े, हवाई जहाज़ की खिड़की पर बैठा था। उड़ान अभी शुरू हुई थी। बाहर बादल बड़ी तेज़ी से गुज़र रहे थे। वो गाँव से लौटकर, वापस 'दुबई' जा रहा था।

वो सोच रहा था :
'इस बार की छुट्टी बहुत भारी लगी...। वक़्त की रफ़्तार प्लेन में बैठकर पता नहीं चलती। वक़्त को आगे-पीछे रिवाइंड (rewind) करने से पता चलता है, कितना कुछ, कितने थोड़े-से वक़्त में वाक़या हो जाता है।'

हवाई जहाज़ की अनाउंसमेंट से उसका ख़याल टूटा... सीट बाँधे रखने का ऐलान था। उसने एक बार खोलकर पेटी फिर से लगा ली और दोबारा अपने ख़यालात में डूब गया।
आरिफ़ बहुत साल बाद गाँव गया था इस बार...।
अम्मी हर साल किसी न किसी बहाने से वापसी डीले (delay) कर देती थीं।
'ईद करके जाना। तेरी आपा ससुराल वापस चली जाए,

तब भेजूँगी। छोटे मियाँ ननिहाल आ रहे हैं। मिलकर जाना।' इस बार अब्बा की बरसी के लिए रोक लिया। इस बार रुकने को जी था, लेकिन...।

शॉल लेकर उसने आँखों पे चढ़ा ली।

# दो

आरिफ़ अपने कमरे के दरवाज़े के पास ही कुर्सी रखके बैठा था। कैमरे में फ़िल्म डाल रहा था कि 'अम्मी की कुछ तसवीरें ले लूँ।' टेली फ़ोटू लेंस लगा रहा था जब क़दमों की चाप सुनी।

अम्मी दही बिलो रही थीं कि आलाँ अल्मोनियम का प्याला लिये आ निकली। ये देखकर अभी मक्खन ही नहीं निकाला गया, तो लस्सी कहाँ से मिलेगी, वो शशोपंज में पड़ गई कि वापस चली जाए या वहीं खड़ी रहे?

आरिफ़ ने सर उठाकर देखा। अम्मी ने कहा :
"बैठ जा आलाँ—अभी देती हूँ—कैसी हो?"
"जी, अच्छी हूँ।"

वो वहीं बैठ गई। ज़रा दूरी पर अम्मी बिलोती रहीं—और बिला झिझक बोलीं आलाँ से :
"अभी पिछले दिनों, नूराँ ने मुझे मक्खन का पेड़ा निकालते देख लिया था। दूसरे दिन मुर्ग़ी के अंडे के बराबर मक्खन निकाला। बुरी नियत की नज़र बड़ी जल्दी लगती है। गाय को तीन दिन मिर्चों की धूनी दी तो नज़र उतरी।"

"नज़र तो कभी-कभी मेरी भी लगती है बीबीजी! इससे पहले आपका शीशे का एक गिलास तोड़ चुकी हूँ।"

अम्मी को याद था।
"हाँ-हाँ...तुमने कहा था—बीबीजी, कैसा साफ़-शफ़्फ़ाफ़ है कि नज़र आर-पार जाती है—और फिर ऐवीं ही पड़े-पड़े टैं से टूट गया।"

अम्मी अब मक्खन निकालने ही वाली थीं।
"ले, अब उधर परली तरफ़ देख। मैं मक्खन निकालने लगी हूँ।"

आलाँ वहीं घूम गई। देखा तो दूसरी तरफ़ आरिफ़ बैठे थे, कैमरा लिये। आरिफ़ ने एक फ़ोटू ले लिया। आलाँ अपना दुपट्टा ठीक करते हुए बोली :
"बीबीजी...ये सामने छोटे मियाँजी तो नहीं बैठे?"

अम्मी ने मक्खन का पेड़ा निकालते हुए कहा :
"अरि...आरिफ़ ही तो है!"

आलाँ थोड़ा आगे की तरफ़ खिसकी और दोनों हाथों से बलाएँ लीं।
"रद्द बलाएँ...दूर बलाएँ...!"

आरिफ़ मुस्कुरा दिया।
"कैसी हो आलाँ?"
"जी, अच्छी हूँ। फ़ज़ल है अल्लाह का!"

और हँस के मज़ाक़ किया :
"पहले तो आपको पहचानी ही नहीं। मैं समझी, कोई बच्चा मूँछें लगाए

बैठा है।"

अम्मी हँस पड़ीं :
"तौबा है! कमबख़्त ऐसी बातें बनाती है कि बस!"

आलाँ ने वहीं बैठे-बैठे फिर पूछा :
"आप कब आए दुबई से?"
"कल ही आया।"
"आप क्या करते हैं वहाँ—परदेस में?"
"नौकरी करता हूँ। रुपये कमाता हूँ।"
"तो यहाँ क्यों नहीं रहते हमारे पास? बीबीजी अकेली हैं!"
"यहाँ नौकरी कहाँ है?"

"आपको क्या ज़रूरत है नौकरी की? बड़े मालिक बहुत छोड़कर गए हैं। बीबीजी को क्या आप पैसे भेजते हो?"
"तो और कौन भेजता है?"

बातें करते हुए आरिफ़ तसवीरें भी ले रहा था।
"कितना भेज देते हो?"

अम्मी बीच में बोलीं :
"ऐ लड़की—लड़कों से यूँ बैठ के गप्पें नहीं हाँकते। अब तू छोटी नहीं है।"

वो फिर अम्मी की तरफ़ घूम गई। अम्मी कह रही थीं :
"तुझे किसी ने बताया नहीं कि तू बड़ी हो गई है?"
"कौन बताएगा बीबीजी?...माँ-अब्बा होते तो बताते। उन्हें तो ख़ुदा के पास जाने की इतनी जल्दी पड़ी थी कि मेरे सर

से हाथ उठाया तो ये भी न देखा कि कोई और इसके सर पे हाथ रखे तो चलें...!"

आरिफ़ का ध्यान गया आलाँ की तरफ़ ।
"आलाँ, तुम्हारी अम्मी तो बहुत पहले गुज़र गई थीं—अब्बा कब गुज़रे?"
"साल से ऊपर हो गया। आपने कब किसी गाँव वाले की ख़बर ली है?" वो शिकायत करने लगी।

"तूने लिक्खा था मुझे, जो शिकायत करती है?"
"मैं क्या चिट्ठी लिख सकती हूँ? आपकी चिट्ठी आती है तो बीबीजी बताती हैं, और आपकी बातें किया करती हैं... आपके छोटे-छोटे जूते अब तक सँभाल के रक्खे हैं उन्होंने। हमेशा दिखाती हैं और मैं हमेशा ही कहती हूँ, इनके तलवे तो मेरे अब्बा ने ही लगाए थे।"

अम्मी फिर बोलीं :
"बहुत बोलती है तू आलाँ...!"

"और क्या बीबीजी—मैं क्या झूठ कहती हूँ? मैं अगर लड़का होती, तो बापू मुझे जूते गाँठना सिखा जाता। मैं मोची की बेटी होकर भी अपने जूते दूसरों से मरम्मत करवाती हूँ।"

अम्मी बोलीं :
"तो क्या हुआ? एक जूते गाँठना ही नहीं आता न, और पचास काम जो कर लेती है। और कौन ऐसा सुघड़ है गाँव में? सारा गाँव तारीफ़ करता है। अपनी मेहनत से कमाती है और खाती है। चल, आ, लस्सी ले ले!"

आलाँ फिर घूम गई।
"मैं चलूँ छोटे मियाँ। अब्बा की बरसी तक तो ठहरेंगे आप?"

गर्दन हिला कर 'हाँ' कहा आरिफ़ ने और फिर से फ़ोकस किया उस पर। आलाँ ने कहा :
"फ़ोटू ले जाकर क्या करोगे? हमीं को ले जाओ दुबई!"

अम्मी ने टोका :
"चल उठ न मोइए...फिर चक्की भी पीसनी है तुझे! ज़बान तो रुकती ही नहीं न इसकी। हर बात का जवाब है इसके पास!"

आरिफ़ ने तसवीर ले ली और वो उठ के चल दी।

# तीन

आरिफ़ प्लेन में बैठा, आलाँ की तसवीर देख रहा था।
'आलाँ का जिस्म कितना सुडौल है! यूनानी बुतों की तरह। लिवनार्ड वेंस ने बुत बनाते हुए, ऐसी ही किसी दोशेज़ा का ध्यान किया होगा...अगर आलाँ यूनान में पैदा होती तो?... और लिवनार्ड से मिली होती तो?...उसकी बदक़िस्मती कि वो मुझसे मिली। और एक ग़रीब मुल्क के, एक बहुत ही ग़रीब घर में पैदा हुई। ख़ूबसूरती तो ग़रीब घर में पैदा ही नहीं होना चाहिए।'

उसकी तसवीर में आलाँ की बड़ी-बड़ी सियाह आँखों को देखकर उसने सोचा :
'एक मोची की बेटी की आँखों को इतना बड़ा नहीं होना चाहिए। ग़रीब-ग़ुरबा को छोटी-छोटी आँखें ही किफ़ायत कर जाती हैं।'

उसने कुर्सी के सिरहाने से अपना सर टेक लिया और सोचने लगा :
'मैं गाँव में इधर-उधर घूमकर वापस आया, तो अन्दर कोठरी से चक्की पीसने की आवाज़ आ रही थी।'

## चार

कैमरा तब भी उसके कन्धे पर लटका हुआ था।

वो जाली के उस पार बैठी चक्की पीस रही थी। ओढ़नी उसके सर से उतर गई थी और खुले बाल चक्की के हर चक्कर के साथ उसके चेहरे को छुपा और खोल रहे थे। उसने एक टाँग को पूरा फैला रखा था, और नीला तहमद उसके घुटनों तक खींच गया था।

आरिफ़ ने चुपचाप एक तसवीर उतार ली, और जाली के उस तरफ़ चला गया। आलाँ ने जल्दी से अपने बाल बाँधे और दुपट्टा ठीक किया...तहमद वैसे ही रह गया। आरिफ़ ने झिझकते हुए पूछा :

"अम्मी कहाँ हैं?"

आलाँ ने एक शरीर मुस्कराहट के साथ पूछा :

"आप क्या बीबीजी को देखने यहाँ आए थे?"

"तो क्या तुम्हें देखने आया था?"

झूठ बोला उसने—वो उससे ज़्यादा तेज़ थी।

"आ ही जाते तो क्या था?"

"अम्मी कहाँ हैं?"

"आपके चच्चा की बेटी बीमार हैं। उन्हें देखने गई हैं।"

"कब तक आएँगी?"

"हमें बता के थोड़े ही जाती हैं। कुछ चाहिए आपको?"

"ऊँ..."

"भूख लगी है?"

"नहीं।"

"प्यास लगी है?"

"नॉट एक्ज़ैक्टली!"

"वो क्या होता है?"

अंग्रेज़ी बोलकर पछताया और बात बदल ली :

"नहीं, कुछ नहीं!...अच्छा, इस पिसाई की कितनी उजरत मिल जाएगी तुम्हें?"

"दो दिन का आटा तो मिल ही जाएगा।"

"फिर दो दिन बाद क्या करोगी?"

"फिर आ जाऊँगी पानी भरने—या छतें लीपने।"

"लिपाई भी कर लेती हो?"

"हूँ!"

वो मुस्कुरा दी।

"पिसाई भी आती है, लिपाई ही आती है, और क्या-क्या आता है तुम्हें?"

"सभी कुछ आता है आरिफ़ मियाँ। बस, एक जूते गाँठना नहीं आता।"

"अच्छा...! तो और क्या-क्या आता है?"

"और...? और यहाँ रहो तो जान जाओगे।...हौले-हौले..."

"हूँ!"

आरिफ़ बात आगे बढ़ा नहीं पाया और ख़्वाहमख़्वाह कैमरा टटोलने लगा। वो उसकी उलझन समझ रही थी। आरिफ़ ने पूछा :

"तसवीर खींच लूँ तुम्हारी?"
"क्या करोगे मेरी तसवीर का...?"

आरिफ़ फिर गोता खा गया।
"तुम्हें भेज दूँगा!"
"मैं क्या करूँगी?...आप अपनी तसवीर भेज देना!"
"उसका क्या करोगी?"
"पानी पिलाऊँगी उसे। बुक (ओक) में भर के पानी पिलाऊँगी!"

और हँस पड़ी—हर बात का जवाब था उसके पास।
"तेरे पास हर बात का जवाब है—है न?"

वो जाने के लिए खड़ा हो गया। आलाँ भी खड़ी हो गई और बोली :
"आरिफ़ मियाँ..."

वो मुड़ा।
"पानी पिलाओगे हमें—प्यास लगी है।"

आरिफ़ रुक गया। वो मटकी के पास गई और कहा :
"बीबीजी का कटोरा जूठा हो जाएगा। बुक से पिला दो।"
"ओह!"

आरिफ़ ने मटकी के पास आकर कटोरा भरा। आलाँ हाथों से ओक बनाकर झुक गई। आरिफ़ ने उसकी ओक में पानी भर दिया। जब पानी पी चुकी तो दुपट्टे से हाथ पोंछे तो आरिफ़ ने फिर प्याला भरा और कहा :
"आलाँ...बुक कर! ये पानी ले ओक में!"
"क्यों?"

"जो कह रहा हूँ, कर न!"

उसने फिर ओक भर ली—और खड़ी रही। आरिफ़ ने कहा : "सँभाल के, गिराना नहीं!"

आरिफ़ ने कटोरा अलग रखा और अचानक झुककर मुँह उसकी ओक पर लगा दिया—पीने के लिए। घबरा के पानी गिरा दिया आलाँ ने।
"आरिफ़ मियाँ..."
"क्यों? तसवीर को पिला सकती है, तो मुझे नहीं पिला सकती?"

उसने दुपट्टा कानों तक खींच लिया।

# पाँच

हवाई जहाज़ में एयर होस्टेस ने शैम्पेन का गिलास आरिफ़ के सामने रखा। आरिफ़ ने गिलास में उठते हुए बुलबुलों को देखा कुछ देर और फिर आहिस्ता से एक घूँट लेकर गिलास रख दिया। उसका ज़ेहन कुछ बोल रहा था :

'प्यास किसी शर्बत या शराब से नहीं बुझती। पानी ही से बुझती है—सादा, साफ़, ठंडा पानी!

'उस रोज़ मैंने चौंका दिया आलाँ को। उसे एहसास था अपनी हैसियत का। लेकिन लगता है, हम दोनों ही दहलीज़ पर खड़े हुए, बार-बार एक पाँव बाहर निकालते थे और अन्दर खींच लेते थे। पाँव बाहर रखा भी नहीं, सिर्फ़ ऊपर ही ऊपर उलारते रहे। चाहने और न चाहने के बीच में खिंची हुई ये लकीर, चाकू की धार से भी ज़्यादा तेज़ होती है। कुछ कट जाने का डर होता है।'

# छह

कुट्टी काटते हुए आरिफ़ ने अपनी उँगली काट ली। उसकी चीख़-सी आवाज़ सुनकर आलाँ दौड़ी आई। आरिफ़ की उँगली से ख़ून बह रहा था।
"ये क्या किया?"
"हाथ काट लिया।"
"क्या कर रहे थे?"
"कुट्टी काट रहा था गाय के लिए।"
"ये काम आपका नहीं है आरिफ़ मियाँ। रहने दीजिए। मैं कर लूँगी।"
"कुट्टी की कटाई भी तुम करोगी?"
"तो और कौन करेगा? बेगू जो नहीं आया।"
"तो दूध कौन दुहेगा?"

आलाँ मुस्कुरा दी।
"मैं दुहूँगी। आप फ़ोटू खींचना। आपको तो बस यही एक काम आता है। तसवीरें लेना। वहाँ परदेस में यही करते हो?"

देहात के तरीक़ों की तरह, आलाँ ने दीवार से थोड़ा-सा चूना कुरेदकर लगा दिया उँगली पर। उसी वक़्त अम्मी की आवाज़ आई :

"आलाँ..."
"जी, बीबीजी..."
"चारा डाल दिया गाय को?"
"न बीबीजी, अभी तो आरिफ़ मियाँ को चूना लगा रही हूँ!"
"क्या बक रही है?"
कहते हुए अम्मी भी आ गईं।

"ये क्या किया आरिफ़?"
"आप ही समझाइए—बताइए इन्हें। बच्चे छुरियों से नहीं खेला करते!"
"ये पागल है अम्मी। वो कुट्टी काटने वाला गँडासा लग गया।"
"तू क्या कर रहा था उससे?"
"इसका सर काटने जा रहा था—बहुत बोलती है!"

अम्मी आरिफ़ को लेकर अन्दर चली गईं।
"चारा डाल दे गाय को। बेगू आ रहा है। वो दुह लेगा!"

जाते-जाते आरिफ़ ने मुड़ के देखा तो वो मुस्कुरा रही थी और गाय की गर्दन सहला रही थी। फिर गाय को चारे वाली कुंडी के पास ले गई। वहीं बेगू भी आ गया। आलाँ ने बताया :
"ले सँभाल अपनी चट्टी को बेगू। मैं कुट्टी काट के डाल देती हूँ!"
"कभी हमें भी घास डाल दिया कर आलाँ। इधर-उधर डोरे डालती रहती है। कहीं कुट्टी, कहीं चूना!"

आलाँ ने बढ़ के बड़ी सख़्ती से कहा :
"बेगू, मोची की बेटी हूँ। खाल खींच के डुगडुगी बजवा दूँगी—समझा?"

“अरे, तू इतना ऊँचा क्यों डकारती है! बेगम साहिबा को आरिफ़ मियाँ के बारे में मालूम पड़ गया तो...”

आलाँ ने फ़ौरन टोका :
“चल, दफ़ा हो यहाँ से! ये मूँछें जो चढ़ी हुई हैं न, उधेड़ के हाथ में दे दूँगी।”

बेगू हट गया वहाँ से।
“अरे तो ठीक है। अपना काम करके जाता हूँ।”
“काम करेगा तू बाद में...चल, पहले मूँछें मुँड़वा के आ। नहीं तो क़सम ख़ुदा की...”

बेगू वाक़ई डर के निकल गया सामने से।
“अरे तो कर ले ख़ुद ही...बेगम बुलाएँगी तो बोल दूँगा सब...”

# सात

अम्मी उसकी उँगली पर क्रीम रख कर पलंद लगा दिया। आरिफ़ कह रहा था :

"मैंने सोचा, अब कुट्टी काटना तो मर्दों का काम है। बेगू नहीं आया तो मैं कर देता हूँ। अब ये काम तो आलाँ का नहीं है न..."

"सब काम उसी के हैं बेटा। मर्दों के सारे काम कर लेती है। इसीलिए तो मर्दों की तरह जीती है गाँव में। किसी मर्द की हिम्मत नहीं होती, उसकी तरफ़ आँख उठाके देख ले। औरतों की तरह रहती, तो क्या जी पाती इस गाँव में? और वो भी ऐसा नाक-नक़्श लेकर...? किसी नवाब के हाँ पैदा होना चाहिए था उसे तो!"

"तो अब होगा क्या उसका? शादी-बियाह नहीं करेगी?"

"अब वही मुश्किल है। नाक भी तो बहुत ऊँची है उसकी। कौन नथनी डाले!"

और ख़ुद ही हँस भी दीं।

"वही किसी को भगा ले जाए तो हो।"

"कोई आसपास का रिश्तेदार भी नहीं है उसका?"

"आसपास का तो नहीं, लेकिन साथ के गाँव में कोई दूर के चाचे-ताये हैं उसके। लेकिन उनकी ज़ात में पैसे भी तो बहुत लगते हैं दहेज के। उसी के लिए जमा करती रहती है।"

आरिफ़ ने हैरत से कहा :
"यानी ख़ुद पैसे देगी और ख़ुद ही बिकेगी!"

उसी वक़्त आलाँ ताज़ा दूध से भरी बालटी लेकर दाख़िल हुई। आरिफ़ बोल पड़ा :
"क्या महक है इस दूध की! शहर में तो काढ़ के भी ख़ुशबू नहीं आती!"
"डाल दूँ एक गिलास—कच्चा-कच्चा...गर्म-गर्म...!"

अम्मी ने पूछा :
"क्यों रे, बेगू आया था?"
"हाँ...गया है मूँछ मुँड़वाने..."
"मतलब?"
"घास डालने को कह रहा था।"

बाहर किसी के दाख़िल होने की आवाज़ आई। अम्मी ने आरिफ़ से कहा :
"जाओ, तुम्हारे दोस्त आए हैं। सलीम हैं न? सुबह भी आया था। तुम घोड़ा लेकर निकल गए थे कहीं।"

आरिफ़ उठकर चल दिया।

# आठ

आरिफ़ अपने तीन-चार दोस्तों के साथ गाँव के हौज़ की तरफ़ निकल गया। हौज़ पर बैठे, ग़प्प-शप्प चल रही थी। आरिफ़ के दिमाग़ में शायद अभी तक आलाँ का ख़याल था, बोला :

"गाँव में जवान लड़की का एक-एक क़दम गिना जाता है। एक-एक नज़र का हिसाब रखा जाता है!"

बलवंत ने एक फ़िक़रा कसा, किसी पर।
"पारो तो यार, अभी से पुरानी हो गई!"

दोसरा बोला :
"हँड गई!"

और एक क़हक़हा छूटा। तीसरे ने पूछा :
"नूराँ की क्या ख़बर है?"
"नूराँ की तरफ़ तो देखना भी नहीं। ख़ान की नूरे-नज़र है।"

एक और क़हक़हा—और साथ ही किसी ने आलाँ का ज़िक्र कर दिया :

“आलाँ भी तो है। नादिर मोची की बेटी।”

बलवंत बोला :
“ख़ूबसूरत है। पर निकम्मी है यार!”
“वो क्यों...?”
“घर-घर काम करती फिर रही है। रुपया कमा रही है। दिन-रात मेहनत करती है, बस!”

आरिफ़ ने भी तवज्जो दी :
“मेहनती है तो उसकी इज़्ज़त करनी चाहिए!”
“वो इज़्ज़त भी तो नहीं करने देती।”

सलीम ने मज़ाक़ किया :
“तुम्हारे यहाँ तो बहुत काम-काज करती है। कभी उसकी इज़्ज़त करके देखना। खाल उतार देगी!”

आरिफ़ खड़ा हो गया—और ज़ोर से हौज़ के पानी पर पत्थर से घोड़ा दौड़ाया। सलीम ने आरिफ़ का मज़ाक़ किया।
“क्या हुआ भई...आलाँ के नाम से कुछ बेचैन हो गए?”

पास ही से बेगू गुज़र रहा था। आरिफ़ उसकी तरफ़ मुड़ा।
“अरे बेगू...”
“सलाम साहब!”
“सलाम...क्या हुआ? तुम आए नहीं, कुछ दिन से। तुम्हारा सारा काम उस बेचारी आलाँ को करना पड़ता है!”

बेगू ने हाथ जोड़कर कहा :
"कुछ बीमार था...हुज़ूर...कल से आ जाऊँगा काम पर!"
"और तुम्हारी मूँछें क्या हुईं?"

बेगू खिसियाना होकर मुँह पर हाथ रखा और जल्दी से निकल गया।

# नौ

आरिफ़ के अब्बा की बरसी का दिन आ गया। पूरी हवेली लोगों से भरी हुई थी। पकवान पक रहे थे। और आलाँ जगह-जगह काम करती नज़र आ रही थी।

उबलते पानी का पतीला उठाकर, लोगों के बीच से बच-बचाव करती निकल गई।

दूसरी जगह कपड़ों की गठरियाँ देख रही थी, जो ग़रीबों में बाँटी जाएँगी।
आरिफ़ एक जगह पर, शाल ओढ़े उसे देख रहा था।

# दस

शाम गहरी हो गई थी। आसमान धुँधलाने लगा था। हवेली ख़ामोश हो गई थी। आरिफ़ एक बरामदे में, शॉल ओढ़े अकेले टहल रहा था और सोच रहा था :

'दिन भर के हंगामे के बाद एक बहुत भारी सन्नाटा घर पर टूट पड़ा। सबको मैंने ख़ुद रुख़्सत किया था। मेहमानों को, मेहमानों के बाद काम करने वालों को, नाई, मेरासी, धोबी, मोची—सब को इनाम, उजरत, चावल देकर मैंने ख़ुद रुख़्सत किया था। लेकिन आलाँ?...शायद अम्मी के पाँव दबा रही होगी।'

वो अम्मी के कमरे की तरफ़ बढ़ गया।

# ग्यारह

आरिफ़ ने अम्मी के दरवाज़े पर दस्तक दी और अन्दर चला गया। अम्मी आरामकुर्सी पर पाँव पसार के लेट गई थीं। आरिफ़ आया तो बोलीं :

"आओ बेटा—थक गए होगे तुम भी?"

"नहीं—मुझे क्या थकना था! काम तो सारा आपने किया, आलाँ ने..."

"आलाँ तो आज मेरी आँखें, मेरे बाज़ू, मेरा सब कुछ थी। खाना पकाना, धुलाना, क्या नहीं किया उसने! दस-दस हाथ हैं उसके!"

आरिफ़ कुछ कहना चाहता था, पर कहा नहीं। अम्मी कहती रहीं :

"फिर सब कुछ करके, तुम्हारा सूटकेस तैयार किया। तुम्हारे कपड़े तह किये। भोला को सुबह-सुबह टाँगा लाने की ताकीद की।"

आख़िर कह ही दिया आरिफ़ ने :

"पर है कहाँ वो...मैं सब को रुख़्सत करके लौटा तो नज़र नहीं आई कहीं!"

"तुमसे रूठ के गई है।"

"मुझसे?...क्यों?..."

अम्मी ने एक भरी देगची की तरफ़ इशारा किया।
"उस देगची को चावलों से भरा और ले जाने को कहा तो बोली—'मैं नहीं ले जाती। आरिफ़ मियाँ सब को अपने हाथ से उजरत देते रहे, चावल भी दिये, सबको रुख़्सत किया, पर मुझे तो पूछा भी नहीं'!"

बात आरिफ़ के दिल को छू गई। अम्मी कह रही थीं :
"उसने ये बात हँसी में ही कही, पर...पर आँखें भीग रही थीं उसकी।"

बहुत अफ़सोस हुआ आरिफ़ को।
"ओह...!"
"वैसे तो वो हँसती-हँसती चली गई, पर बेटा, जिन लोगों को हँसने की आदत होती है न, वो अन्दर-ही-अन्दर बहुत रोते हैं।"

आरिफ़ की आवाज़ पसीज गई।
"मैं जाऊँ अम्मी, उससे मिल आऊँ? सुबह तो वक़्त भी नहीं मिलेगा।"

अम्मी ने मुस्कुरा के हामी भरी :
"हाँ। उसका ये मान रखो बेटा, और चावलों की देगची उसे दे आओ। थोड़ी देर पहले गई है। सोई नहीं होगी!"

आरिफ़ ने मुड़ के देगची उठाई, एक कपड़े में लपेटी और चला गया।

# बारह

आरिफ़ ने आलाँ के दरवाज़े पर दस्तक दी तो दरवाज़ा खुल गया। आलाँ चारपाई से उछल के खड़ी हो गई।
"आरिफ़ मियाँ जी!...चावल देने आए होंगे?"
"हाँ, चावल ही देने आया हूँ।"

उसने दोनों हाथ बढ़ा दिये।
"लाइए...बीबीजी ने बताया होगा। मैंने क्या कहा!"
"हूँ...!"
"वहाँ घर में लेने से भी ये ज़्यादा अच्छा लग रहा है। बैठिए, मैं देगची रखके आई।"

वो खड़ा रहा—आलाँ देगची रख के लौट आई। आते हुए एक लपेटा हुआ बंडल उठा लाई और आरिफ़ की तरफ़ बढ़ा दिया।

"ये क्या है?"
"बक्से में इसकी जगह होगी न? सुबह आपका बक्सा उठा कर, टाँगे में भी मुझे ही रखना है। भारी तो नहीं हो जाएगा?"

वो उसकी तरफ़ देखता रहा।
"पर ये है क्या?"

उसने खोल के दिखाया। एक ख़ूबसूरत हाथों से बुना स्वेटर था। वो देखता रह गया। उसकी चुप देख कर आलाँ ने पूछा :

"पसन्द नहीं आया?"
"बहुत अच्छा है—बहुत अच्छा है!"

वो मुस्कुराई।
"मैंने अपने हाथों से बनाया है। आपके लिए...!"

बड़ी हैरत से उसने देखा उसकी तरफ़।
"तुम...तुम ये भी कर लेती हो?"

आलाँ ने आरिफ़ के सीने पर लगाकर उसका नाप देखा और उसकी आँखों में देखकर कहा :

"आप पर बहुत सजेगा!"
"तुम क्या-कुछ कर लेती हो आलाँ!"

आलाँ की आँखें भर आईं।
"सब कुछ कर लेती हूँ आरिफ़ मियाँ..."

और साँस दबा कर बोली :
"...प्यार भी कर लेती हूँ। आपने देखा ही नहीं!"

कहते-कहते आलाँ की दोनों आँखें भर गईं।

## तेरह

हवाई जहाज़ में बैठे-बैठे, उसका शाल ढलक गया था। आरिफ़ ने वही स्वेटर पहन रक्खा था।

**[फ़ेड आउट]**